爱在这"理"

——国际学生的北理故事（一）

（2014年—2018年）

北京理工大学留学生中心 编

北京理工大学出版社
BEIJING INSTITUTE OF TECHNOLOGY PRESS

图书在版编目（CIP）数据

爱在这“理”：国际学生的北理故事. 一 / 北京理工大学留学生中心编 .— 北京：北京理工大学出版社，2020. 1

ISBN 978 - 7 - 5682 - 8063 - 1

Ⅰ. ①爱… Ⅱ. ①北… Ⅲ. ①世界文学 - 现代文学 - 作品综合集 Ⅳ. ①I11

中国版本图书馆 CIP 数据核字（2020）第 004826 号

出版发行 / 北京理工大学出版社有限责任公司
社　　址 / 北京市海淀区中关村南大街 5 号
邮　　编 / 100081
电　　话 /（010）68914775（办公室）
（010）82562903（教材售后服务热线）
（010）68948351（其他图书服务热线）
网　　址 / http：// www. bitpress. com. cn
经　　销 / 全国各地新华书店
印　　刷 / 雅迪云印（天津）科技有限公司
开　　本 / 710 毫米 × 1000 毫米　1/16
印　　张 / 12　　责任编辑 / 刘　派
字　　数 / 178 千字　　文案编辑 / 李丁一
版　　次 / 2020 年 1 月第 1 版　2020 年 1 月第 1 次印刷　　责任校对 / 周瑞红
定　　价 / 88. 00 元　　责任印制 / 李志强

爱在这“理”

编委会

主　编：汪　滢

副主编：赵　坤　谢　非　邱丙军

编　委：史慧超　刘　哲　张　娟

翟文廷　高　林

前言

Preface

随着我国综合国力的不断提升和高等教育的长足发展，国际影响力和文化辐射力日益增强，来华留学事业得到了快速发展，学生规模不断扩大、层次质量稳步提升。“留学，到中国去！”正逐渐成为越来越多国际学子的共同选择。

北京理工大学是中国共产党创建的第一所理工科大学，中华人民共和国成立以来国家历批次重点建设的高校，首批进入国家“211工程”和“985工程”建设行列，首批进入“世界一流大学”建设高校A类行列。学校重视国际化建设，已经与6大洲73个国家和地区的近300所高校签订校级合作协议，形成了人才培养国际化的全球网络。学校2016年成为全国首批来华留学质量认证试点院校，2018年入选北京市“一带一路”国家人才培养基地名单。2019年学校共有来自149个国家的2560名国际学子在北理工深造，“留学北理”已经形成品牌，世界一流大学国际化环境正在构建，未来将有更多的优秀国际学子走进北理校园、开启寻梦之旅。

“留学北理”期间，这些国际学子努力学习科学知识、用心感受中华传统文化、广交天下英杰朋友，不仅学有所成、收获了知识，还经历了人生精彩，收获了成长。放弃留美机会、化身堂·吉诃德来到中国寻梦的西班牙博士米格勒，一家两代“留学北理”的巴基斯坦伊克拉姆家庭，痴迷计算机编程很早就获专利的埃及青年科学家诺莱丁，倾心于人工智能的津巴布韦博士史凯，胸怀创业梦想、以梦为马不负韶华的乌干达青年乔纳森，投身国际汉语教育事业的刚果（布）学生夏渔，钟情中国文化、立志弘扬传播的波兰姐妹……，精彩的故事每天都在上演。

每一位怀揣梦想来到中国的国际学子都有一段属于自己的精彩故事，那些为梦想和希望而努力奋斗的日子值得被记录。本书精选2014至2018年最具代表性的文章70余篇，带领读者走进他们的精彩世界、品读奋斗人生。这些文章有的来自获奖征文作品，有的来自新闻报道，笔触亲切自然，无不饱含深情，除两篇用母语完成外其他均用汉语撰写，展示出娴熟高超的汉语水平。

习近平主席曾指出：“文明因交流而多彩，文明因互鉴而丰富。”未来，北京理工大学将继续勇挑时代重任、对标世界一流、潜心立德树人、扩大国际交流，积极搭建高层次中外合作交流平台，不断提升国际化办学水平，吸引更多优秀国际学子“留学北理”，为推动构建人类命运共同体而贡献北理智慧、提供北理方案。

“奋斗是青春最亮丽的底色”，祝愿更多国际学子在北京理工大学学业有成、实现梦想，继续做中国与世界的友好使者、北理工与海外联络交流的重要桥梁。

北京理工大学留学生中心

2019年3月

目 录

Contents

第一部分 教育部来华留学生“我与中国”征文参赛作品

第二部分 北京市在京留学生"我与北京"征文参赛作品

第三部分
“留学北理 感知中国”系列故事

Part One

第一部分

教育部来华留学生“我与中国”征文参赛作品

一等奖作品

中国的堂吉诃德

［西班牙］米格勒

我们西班牙人非常喜欢骑士小说，在小学，老师让我们读中世纪英雄的历险记，其中最有名的是堂吉诃德。虽然他有点儿疯狂，但因为他是西班牙文学中最高尚的人物，所以西班牙的年轻人在某些方面很想模仿堂吉诃德。我不会骑马，也不会击剑，可是堂吉诃德为了目标奋斗到底的精神一直鼓励着我，我对自己说：我要去中国！哪怕要历经千山万水！

很久以前我就想来中国读博士，可是父母一直希望我去美国读书。当我被北京理工大学录取的时候，我特别开心、特别激动，可是又很纠结。父母的愿望跟我的理想是冲突的，我必须要说服它们，不然我没办法离开家。父母对我的学习投入了太多太多，所以去哪里读书应该考虑他们的感受。父母一直给我选择自己道路的自由，但这次，任务艰巨。

我先找父亲谈这个事情。我告诉他，不管我去美国还是去中国，任何一个学位证书都不能保证我有一个美好的未来。我去中国的决定不是盲目的，是经过深思熟虑的。首先是教学质量，在北京理工大学这么有名气的大学接受的教育不比在美国的大学差。其次是文化因素，我想学习儒家文化，在一个新的环境，认识很多新的朋友，体验不一样的生活，成为一个更包容的自己。

接着我找了母亲。我知道母亲最担心的是我一个人来到中国会孤独，会渐渐疏远和家人的关系。我告诉她，现在网络很发达，我们随时都可以联系。我会遇到很多善良友好的中国人，我会照顾好自己。

最后他们同意了，这对我非常重要，因为在说服父母的过程中，不仅消除了他们的疑惑，也让我坚信来中国是最好的选择。我会像堂吉诃德一样，为了自己的理想，不管遇到什么问题，我都将毫不怯懦！

可能堂吉诃德小说最有名的场面是这个老骑士要斗争巨人。在他眼里的巨人实际上是一个风车。对我来说，北京的大楼是我的巨人，北理工也是一个巨人。可是在这些巨人里，我有一群特别善良的老师和同学帮助我，这个是堂吉诃德没有的。多亏了你们的帮助，我在北京的生活过得很顺利。如果我的生活也是一本小说，你们在扮演着非常重要的角色。

堂吉诃德那个小说并没有一个圆满的结局。有一天，另一个骑士要和堂吉诃德决斗。那时候堂吉诃德的身体很虚弱，他的脑子有点儿糊涂。虽然他的朋友们劝他先休息一下，作好准备，可是堂吉诃德没有听他们的劝告，他觉得他完全可以战胜那个骑士。遗憾的是堂吉诃德最后被打败了，他从马上摔了下来，再也没有站起来。

从堂吉诃德的身上我懂得了很多道理，要多听朋友的建议，独自和巨人或者别的骑士斗争等于失败。可能我看到的是巨人，但是他们看到的是无害的风车。我不想当勇敢的骑士，可是和那个西班牙英雄一样，我想追求自己的中国梦，成为一个在中国的堂吉诃德。

本文荣获2017年教育部第一届“我与中国”来华留学生征文比赛一等奖，刊登于人民日报海外版（2017年9月23日第11版）。

米格勒，男，1991年生，北理工航空宇航科学与技术专业博士（2015.9—2018.7），获得2017和2018年度教育部“优秀来华留学生”。

一等奖作品

北京，值得你亲自来感受

[越南] 罗氏云

“迎接另一个晨曦，带来全新空气。气息改变情味不变，茶香飘满情谊。我家大门常打开，开放怀抱等你……”

2008年，这首《北京欢迎你》让我在那个潮湿、闷热的夏天喜欢上了中文，也让我萌生了来中国的念头。

我从小就看中国古装片，雄伟巍峨的故宫和长城很早就在我脑海中留下了印象。那时候的我虽然还很小，不知道哪儿是哪儿，但家里只要放中国电视剧，我就坐在小椅子上看，看得多了，它们就不知不觉地钻进了我的记忆中，到现在也未曾消失过。

我喜欢北京的生活

2016年，大学毕业后的我来到北京，在北京理工大学读硕士。刚来时不免遇到很多麻烦，其中最主要的就是这里的天气比我家乡干燥得多，我流了几次鼻血后才适应。我在家乡读本科时，我们学校的食堂非常小，而且是唯一一个食堂，所以我很少去那里吃饭。来到北京后，我才知道什么是北京高校的食堂，黄焖鸡米饭、北京烤鸭、小笼包……各地的美食应有尽有。更让我吃惊的是北京的每所大学都很大，里面像个小社区一样：操场、宿舍、食堂、超市、医院、花园、甚至连小学都有。可见，中国教育是系统而完善的，为学生提供了很多便利的条件。

我喜欢北京的生活。在越南时，我上课或出门很少穿平底鞋或运动鞋，一出门就骑摩托车，很少走路，但来到北京之后一切都变了。北京的生活节奏很快，只要出门，不管去哪儿，我都穿运动鞋。放眼望去，无论何时，北京的路上总是车水马龙、川流不息。有的人忙着回家，有的人忙着工作，路人总是脚步匆匆，没有片刻的休憩。我越来越喜欢运动鞋，以前从国内带过来的高跟鞋都不穿了，整个鞋架都是运动鞋。我喜欢北京这个“穿平底鞋的世界”，这让我的生活更加方便、高效，奔跑时的速度更快。我也越来越喜欢这个脚踏实地、全力奔跑的自己。

北京给了我强烈的归属感

我喜欢北京的发达。这里很安全，到处都有摄像头监控，就算夜晚走在路上也会觉得很安心。北京的交通工具也非常方便，特别是地铁。出门只要有4G，用百度地图导航，想去哪儿都很方便，不会迷路。除此之外，我更是享受到了中国发达的网购和外卖带给我的便利。下楼取快递，下楼取外卖，整天不出门也无所谓，因为有很多问题只要动动手指就可以解决。

我喜欢北京的古老建筑和园林。当我第一次去参观故宫和长城时，心中感慨万千，这是我一直以来都梦寐以求的事情。我喜欢以前的皇家园林，我去过颐和园、圆明园、香山，那里的风景十分美丽，每个季节都有着不同的美。夏看荷花，秋看红叶。待到春暖花开时，每个公园都可以看见百花盛开、争奇斗艳。秋天，我最爱到香山上赏红叶。瞭望山下，满山一片火红，偶尔几点翠绿，那是长青的松柏。真是“万山红遍，层林尽染”。更有趣的是有很多帅哥美女穿着古装去那里拍照，非常有意思。在地铁里也能经常看见美女们穿着古装，每每这时，都会让我这个古装片迷猜想，也许他们是小

龙女或峨眉派的弟子吧。

我爱北京的每一条街，每个角落，每处我去过的地方，它们给了我强烈的归属感。虽然我在这里生活的时间还不是很长，但是相处的时间越久，越给我一种不想离开的感觉。我舍不得离开这里。若是有人问我："北京是个怎样的城市？"我一定会说："她是非常值得你亲自来感受的一座城市。中国，也是非常值得你来的伟大国度！"

本文获得2018年教育部第二届"我与中国"来华留学生征文比赛一等奖，刊登于人民日报海外版（2018年11月11日第05版）。

罗氏云，女，1994年生，北理工法学专业硕士（2016.9—2019.7）。

三等奖作品

北京——我的初恋

[津巴布韦] 史凯

来中国以前我觉得北京是一个有着悠久历史，神秘而又古老的城市。四合院、大树、京剧的旋律飘扬在城市上空，到处都是练功夫的人。可是，当我到北京时才发现，北京跟我想象中的完全不一样，她不仅是一座古都，同时也是一个充满了现代气息的大城市。北京就像一朵美丽芬芳的花朵，我嗅着她的芬芳，触摸着她那美丽的花瓣，聆听着她的甜言蜜语，觉得自己的精神一下子振奋起来，我多想永远在这个花园领略你的魅力！北京——我爱你！

我爱你北京，我爱你的美食。我有很多爱好，其中最大的爱好就是品尝美味佳肴。我和朋友一起去过各种各样的北京饭馆，但最让我垂涎的还是北京特色菜——北京烤鸭。有一天，我在一个饭馆点了烤鸭，当烤鸭被服务员端上来的时候，我惊呆了。在一个巨大的白色盘子里躺着一只金灿灿的烤鸭，它在盘子里安静地躺着，仿佛睡着了。看到这么精美的摆盘，我都不忍心吃了，我慢慢地咀嚼着，品尝着那醇厚的滋味。我们都满足地伸出了大拇指，烤鸭真不愧是北京特色菜，好吃，太好吃了！

我爱你北京，我爱你美丽的雪景。刚来北京理工大学的时候，常常听到中国人说："哎，今年没有下雪！"我听出了他们的遗憾，自己也觉得非常可惜！雪，对有的人来说习以为常，但是对从未见过的人来说简直是世界美景之最。还记得，一天早上我打开手机，看到微信朋友圈里的照片，惊喜地发现下雪了！我半信半疑地拉开了窗帘，竟然真的下雪了！大朵的白色雪花飘落下来，每一朵都反射了柔和的光线，就像童话故事一样美丽。我赶紧跟同屋的室友跑下楼，去合影留念。唯一美中不足的是，温度比较高，雪很快就融化了，只有树上、车上还可以看到雪的身影。但是，没关系，因为我们已经拍到了最漂亮的照片，也亲眼看到了雪的六瓣形状。

我爱你北京，我爱你带来的便利生活。在北京，我最离不开的就是手机了。我买了一个新的华为手机，它是一把探索北京的钥匙。一个手机怎么能让我探索北京呢？答案在于一款巧妙的软件——微信。微信是我迄今为止见到的最灵活的APP，你不仅可以跟朋友聊天儿，还能用微信解锁自行车。比如，在北京到处都有小黄车、摩拜单车。任何时候我都可以扫码解锁一辆共享单车。我骑着车子左看右看，看路上匆匆忙忙的人，看周围五颜六色的广告。这是我在北京最喜欢的休闲活动之一。

除了骑车以外，我还能用微信买东西。我记得刚来北理工的时候，我跟朋友去购物。进到一个商店，拿了枕头、被子等。我紧张地跟在朋友身后，只见他拿出手机，打开微信，"嘀"的一声就完成了支付。我站在柜台旁边目瞪口呆。接下来就到我付款了，"一百五十四块"售货员说。我学着他的样子拿出了手机，扫描了售货员的二维码，输入了总额和密码。一秒以后收到了一条"成功"的信息。这实在太厉害了，太方便了，以后出门再也不用带钱包了，只要有手机随时随地可以买东西。

北京，我爱你！我和你有个爱情故事。在不久的将来我可能要离开你回国。哦，我真的不想离开你！我突然想起汪峰的一首歌："我在这里迷惘，我在这里寻找，也在这里失去，北京，北京。"我回国以后，会永远等着，想着你。初恋就是这样的，仿佛永远陪着我们，白头偕老，但一瞬间就又消失了。然而，它永远在我们的记忆里飘着浓郁的清香。

北京——我的初恋情人，你会永远留在我的记忆里。

本文荣获2018年教育部第二届来华留学生“我与中国”征文比赛三等奖。

史凯，男，1990年生，北理工2018级计算机科学与技术专业硕士研究生。

漂洋过海来看你

三等奖作品

［尼日利亚］王明

有朋自远方来，不亦乐乎

通过激烈的竞争，2017年我获得了北京理工大学孔子学院奖学金，如愿来到中国学习。我之所以选择北京，是因为北京是一个发达的大城市，有中国最好的大学，北京能够给我一个展示才能的平台。

2017年9月12日下午2点15分，飞机降落了。我松了一口气，终于来到了梦到过成千上万次的北京。入境手续办完后，我跟接机的志愿者上了大巴。透过车窗，我看到了外面美丽的风景。一棵又一棵树，高楼林立，车如流水，自行车也如流水。“北京人怎么有这么多自行车呢？为什么都停在了路上？”我想到。后来才发现那些自行车是共享单车，而非私有。共享单车不仅方便而且便宜，实在是出门在外之必备品。现在我已经“北京化”了，去哪儿都会骑自行车，除非我要去一个特别远的地方。

没课的时候，大家会经常看到我骑着共享单车溜达，跟北京人一样，时不时来一句，“朋友，上哪儿去？”嘿嘿，我已经成了北京的好朋友。

不到长城非好汉

在国内，我常常会看到万里长城的照片，随之我有了个爬长城的梦想。到了北京不到两个星期，我就请了几个北京朋友带我去长城。我实现了我小小的梦想，爬上了长城，成了一位“好汉”。哈哈哈！我那天拍了好多照片，给亲朋好友发了，他们给我点了很多赞。我那天抚摸着古老的城墙，仿佛看到了古代人修建万里长城的场景。要不是在北京，我就无法实现我的万里长城梦。

淘宝三省：省事、省钱、省时间

我从来没享受过这么方便的网购服务，刚到的时候我需要买一些日用品和衣裳。有朋友推荐淘宝，我下载了后，看到淘宝的货物很实惠，于是决定试试。第二天下午，我就收到了短信，我的衣服已经到了。我觉得太神奇了，送货这么快，衣服质量也不错。从此，我迷上了淘宝购物。虽然有时候会遇到质量很差的东西，但可以退货，所以不是很大的问题。双十一的时候，我买了很多东西，嘻嘻。淘宝给了我“三省”，谢谢你哦！

在北京，总有适合你的舞台

我是个喜欢跟朋友争辩的尼日利亚帅哥。但一般只能用英语或我的母语“约罗巴语”跟朋友争论。“不是”“你说错了”“你说的没有道理”“再仔细思考吧”……我一般会跟朋友说这些。哈哈！我一直期待着有机会用汉语辩论。北京市举办了2018年高校外国留学生汉语辩论邀请赛，北京理工大学应邀参加，我很荣幸地成为一名辩手。在和上届冠军北京语言大学辩论的第一场比赛中，我拿到了“最佳辩手”，这是我最大的荣誉。最终我们北京理工大学辩论队取得了这次辩论赛的季军，我为我们骄傲！

美丽的你，快恢复身体吧！

北京，我的老朋友，我来之前在电视上看到你不舒服，有空气污染。有时候人们外出必须戴口罩。我现在在你的身边，因为空气污染病了好几次，但是因为你魅力无限，什么也阻挡不了我走近你。好在政府已经在行动，污染渐渐缓解了，你蔚蓝的天空日渐醉人。虽说我们相爱了，但还有一条漫长的路要走呢，我希望我们可以一起牵着手走到最后。

本文荣获2018年教育部第一届“我与中国”来华留学生征文比赛三等奖。

王明，男，1998年生，北理工2018级国际经济与贸易专业本科生。

三等奖作品

小女孩，大梦想

[尼日利亚] 露婉

每个人都有自己的梦想，我也不例外。梦想是美好的，它能让人忘记烦恼，梦想是美妙的，它能让人走出彷徨。我的梦想在哪儿呢？

小时候妈妈经常问我：“露婉，你长大了想做什么？”我当时年龄小，根本不知道啥是啥，那时我的脑海里突然冒出来这样一群人：他们飞檐走壁，他们功夫超群，他们行侠仗义。

“妈妈，我想去中国！”

“为什么呀？”

“因为我想飞。”

说起来容易做起来难。怎样才能让梦想的光芒照进现实呢？两个字：拼搏！

功夫不负有心人，当我挥洒完满满的汗水之后，我终于考上了北京理工大学，我如愿来到了这个我梦寐以求的国度，她的名字是——中国！

我珍惜我的幸运，也感谢我的拼搏。因为在中国，在北理工，我的梦想开花了。从此，学校的14号楼里、操场上有了我的足迹，教室里、活动室里有了我的微笑。最让我开心的是我遇到了教导有方的好老师，乐于助人的好同学，他们就是我心中的大侠。

遇到良师益友是我的荣幸，但我的快乐不止于此！让我更加欣喜的是，就在这个小广场，我的功夫梦跨出了第一步，因为我跟其他国家的留学生们一起练起了功夫！中国功夫。

训练开始了！中国功夫的动作真美，站如松，坐如钟，行如风，但是真正做起来还是很难的，比如腾空踹腿、乌龙盘打、翻腰拍地等，需要很强的身体协调能力和弹跳能力。怎么办？要练真功夫，必须下苦功夫。动作不到位，练；跳得不高，练；出拳不够快，练！

学习的过程是苦的，但胜利的果实是甜的，我们这个武术队在2016年来华留学生武林大会上一鸣惊人，一举夺得全国第二名！

能学到功夫还能代表留学生为学校争光，我觉得这种感觉真棒！受这次比赛鼓舞，我更加热爱中国功夫热爱中国文化了！

感谢中国给我的机会，感谢北理工给我的爱。对我来说，与功夫相遇让我变得坚强、勇敢和乐观，让我懂得了要真刀真枪，不要花拳绣腿；要眼观六路耳听八方；也让我懂得了谦虚，因为山外有山，人外有人。

未来，希望更多的留学生来北理工，我们一起学习，一起切磋！

加油，露婉，以拼搏的名义！

本文荣获2017年教育部第一届“我与中国”来华留学生征文比赛三等奖。

露婉，女，1987年生，北理工2017级生物医学工程专业硕士研究生。

三等奖作品

美好时光在北京

［印度尼西亚］林新喜

我至今还清清楚楚地记得七年前，我看了一本书，是关于中国最后一个皇后的故事，在那本书里很详细地描述了故宫和当时的北京。这么精彩的北京，让我无限憧憬。从那以后，我一直都想来北京看一看，而且，作为第四代华裔，我想了解这个既熟悉又陌生的地方。不过，正在上大学的我，只能把这个愿望深深地埋在心里。去年，去中国的机会终于来了，我的家人都建议我去中国留学，学好汉语。因为他们认为，作为华人的后代，我没有理由不学好汉语，没有理由不把它发扬光大。

其实，我第一次听到“北京理工大学”这个名字的时候，我很犹豫。因为理工大学，理工一定强，可汉语呢？正当我左右徘徊的时候，我的一位去过中国的朋友对我说：“新喜啊，汉语能否学好，全靠你自己。我听说北京理工大学是一所名校，学风正，学生踏实，而且我听说那里的男生都很帅，快去吧”。嗯，确实有道理，就这样，我来到了北京理工大学。

第一天到北京理工大学，我发现自己爱上了这所大学，用一个成语来说，这就叫“一见钟情”吧。我爱上了这里的一切。安静的图书馆，高大的体育馆，还有热情的中国学生。我尤其喜欢去中心花园，那里一年四季都有不一样的美。心情不好的时候，我就去那儿坐坐，花园对我微笑，带给我轻松的感觉。

有人可能会问我，难道你没有不习惯的地方？当然有啊，“一方水土养一方人”，何况我是一个外国人呢！刚开始时，跟陌生人共用一个卫生间，我真有点不习惯。但是没过多久我就接受了，我是一个适应力很强的人，不管在德国、印尼还是中国，我都没问题。我很强大哦！不仅如此，我还发现跟不同国家的同学住在一起是非常有意思的事儿，我可以了解他们的文化。比如说我发现每个国家的人都爱面子，很多欧洲人不开放等，是不是很好玩？记得有一次，我把我最爱的印尼辣酱拿出来给大家尝，开始的时候大家争先恐后，可吃到嘴里以后，大惊失色，有的人找水喝，有的人大声咳嗽，还有的人说不出话。为什么？我觉得不辣呀！

对我来说，北京理工大学不仅是学校，更是家，是温暖的家。老师不仅是老师，更是我的哥哥姐姐，永远爱着我们，宠着我们。学习上生活上有问题，老师们会在第一时间帮我们。我还记得有一次我叫了一份外卖，不过那时候我的汉语水平还不高，所以沟通上出了点问题：“喂，你啥地儿？我在海淀黄庄北。”。天哪，我连左右都分不清，更不用说东西南北啦，怎么办呢？没办法，我只好赶紧跑到老师们的办公室求助。

没过多久，我认识了很多中国朋友。但是这个过程并不是很顺利，因为第一次跟中国朋友接触，我有点害怕，因为我觉得他们有点过度热情。但是相处了一段时间后，我们都成为好朋友了，我对中国文化多了几分理解。有一年寒假我没回国，我的中国朋友担心我寂寞，所以邀请我去她家过年。这可是地道的中国春节啊！我兴奋地跟她一起回家，但是一想到文化差异，我马上又有了一些小担心，小恐惧……用一个成语形容，叫“惴惴不安”，哈哈，没想到到了她家，热情友好的问候让我马上消除了担忧，阿姨很担心我吃不惯，所以天天都会问我想吃什么，这菜那菜适合不适合我的口味等。更让我感动的是，阿姨特意在网上搜索我们印尼人喜欢吃什么，在这里，我感到了前所未有的家庭般的温暖。

总之，来北京留学是我人生最美好的一个决定。所以，趁我还在北京留学，我想好好珍惜每一时刻。将来，一寸光阴一寸金，寸金难买寸光阴，如果到了告别的时候，我会很舍不得北京的留学生活。我不会有什么遗憾，并且我会永远记得这段美好的时光。

本文荣获2017年教育部第一届“我与中国”来华留学生征文比赛三等奖。
林新喜，女，1989年生，北理工汉语进修生（2015.9—2017.6）。

优秀奖作品

为梦而来

［波兰］马维妮

在波兰学汉语的时候我就很渴望来中国看看，了解中国文化，了解中国人，成为一名中国通。在我的心里一直有这个中国梦。但那时我对中国只有模糊的印象。后来我终于有机会来到中国，来到北京。在这里，我发现了很多奇怪的事儿。

我去学校食堂吃饭，有一个陌生人开始跟我聊天，他问我是哪国人，然后加了我的微信。两个小时后，他给我发了个消息：“你最喜欢的中国菜是什么？”这是我的第一个发现：中国人最感兴趣的话题就是吃饭。因此见面就会问：“吃了吗？”这是相当有礼貌的。我在这儿还学到很多跟吃有关的词，比如“吃醋、吃苦、吃亏”等。还有，相信所有来中国的留学生都发现了，中国的小吃实在是太多了，很多人因此都变成吃货了，变胖了不怪自己，却怪中国菜太好吃。

周末的时候，我去了一趟颐和园，那儿的人非常多，可以说人山人海。一个小孩儿问我：“你可不可以跟我拍照？”我当然同意了。不一会儿，我就发现我已经被50多个人包围了。一个小时以后，我哪儿都没去成，因为一直在跟他们拍照呢。我突然发现我应该离开大学，去当个摄影模特儿，这个工作应该会“吃香”。

天冷的时候，老师告诉我们多喝热水。我生病的时候，老师嘱咐我也要多喝热水。不久前我的朋友跟男朋友分手了，她很伤心。一个中国朋友安慰她：“别担心，你很漂亮，很快就会找到新的对象。”说完这句话后接着说：“你别忘了多喝热水。”什么？分手也要喝热水？

这些都是我在中国发现的东西，一开始我一点儿也不懂，中国人那么复杂，我怎么才能变成中国通，怎么才能实现我的中国梦呢？好在北京理工大学的老师们知道所有的答案。他们告诉我，中国人真的很喜欢吃，因为“民以食为天”。在中国人眼里，我是一个长得很漂亮的外国姑娘，所以他们要跟我拍很多照片。最后，关于喝热水，不管是什么问题，喝热水肯定没错儿。

我把这些故事讲给我的家人听，讲给我的波兰朋友听。现在我是他们了解中国的一座桥，我愿意做这样的一座桥。我非常感谢学校，感谢老师，因为你们，我深深地爱上了中国，爱上了北京，谢谢你们！

本文荣获2017年教育部第一届“我与中国”来华留学生征文比赛优秀奖。

马维妮，女，1996年生，北理工汉语进修生（2016.9—2017.6）。

优秀奖作品

我和中国

［马来西亚］郑萃杰

我是一名在华留学生，来自马来西亚，是一名华侨。我的祖籍在福建永春，爷爷是永春人，奶奶是客家人。他们本来过着平静的生活，可二战爆发了，他们为躲避战乱就离开老家，漂洋过海来到马来西亚。后来，他们就在这个陌生的国度里扎下根来，再也没有回中国。我身上自然流淌着中国人的血液。我的根在中国。

2016年9月，我很幸运地来到了中国留学，从此以后我开始了中国寻根之旅。

一个月后，我发现了一个与中国的“特别缘分”，那就是我的生日跟中国的国庆节是同一天，这一发现让我感到无比的荣幸，没想到我和中国竟然那么近。

住在中国的时间越长，我对这个国家的人，认识和了解也越多。比如，中国有五十六个民族，其中汉族占了大部分，其余的五十五个都是少数民族，但汉族和少数民族都是平等的，没有地位高低之分；中国有八大菜系，不同的地方有不同的口味，中国人在吃的方面真的是非常讲究；中国有古老的四大发明，对人类文明做出了卓越贡献；中国的现代化建设取得了举世瞩目的成就等。我对中国的敬仰之情油然而生。中国文化，博大而精深，每一种民族的文化都值得年轻人去学习，我们要尊重这些文化，并用欣赏的方式和正确的态度去对待它，阅读它，珍惜它。

虽然，中国是一个发展中国家，但很多方面的基础设施是非常发达和先进的。我刚来中国的时候，中国给我的震撼实在是太多。地铁公交完善的设施，网购的便利，快递的迅速，外卖的及时，微信和支付宝的扫码支付等，都让我“目瞪口呆”！

再举几个例子，当我想去一个地方时，只要我查好路线，我就能自己搭乘地铁和公交到我的目的地，或者目的地的附近位置，不需要自己开车，就能到达，价格甚至比打车还便宜；当我又累又饿，不想迈着疲惫的双腿走去餐馆时，我就可以拿起手机叫外卖；当我不想去逛街买东西时，我可以选择网购，我不用这家跑了那家跑，只要舒舒服服地坐在家里，按下鼠标选择我要的商品即可；当我想送远方的朋友东西时，不需要自己奔波一趟去送礼，只需发个快递就能解决问题；当我没有带钱包时，别着急，一部手机就能轻松搞定。

一句话，我非常享受这些服务给我带来的种种舒适和便捷。

这是我在中国能随手够到的好处，这也是我喜欢中国的一个原因。因为它不只有前人留下的丰富的传统文化，也有随着时代的改变而不停地改善着的现代科技。

本文荣获2017年教育部第一届“我与中国”来华留学生征文比赛优秀奖。

郑萃杰，男，1997年生，北理工2016级机械电子工程专业本科生。

优秀奖作品

北京爱情故事

［俄罗斯］安娜

我与中国的缘分，是从北京开始的。这个城市于我而言，就像月老一样，牵住了我和中国的红线。

两年以前，我第一次来中国。在北京生活的每一分每一秒，都让我仿佛置身于童话一般。热情好客的北京人、琳琅满目的美食街，这就是我梦想中的世界啊！我常常把刚刚学到的汉语词汇运用到生活中，跟当地朋友们交流，虽然在这个过程中闹了不少笑话，但是我特别喜欢这种充满挑战又获得成就的新鲜感。

我发现每个季节的北京都有独特的气味：秋天有西瓜和小甜面包的香味；冬天则到处充斥着火锅和奶茶的气味；现在是北京的春天，随处可闻的是特别甜的花香味。不管我走到哪里，都能闻到各种不同的花香，我常常猜测这些香味的来源：茉莉花？玫瑰花？有时候我会天马行空地想象：菠萝花？橘子花？黄瓜花？北京的夏天闻起来是什么味道呢？到时候我就知道了。

我还发现每个季节都把北京染成了不同的颜色。我来北京的时候，秋天刚到，那时的北京仿佛一个盛满水果的篮子，有芒果色、葡萄色的树叶；有西瓜色、橙子色的草地。冬天来了以后，北京好像煎锅里的牛肉，慢慢从红色变成了深棕色。现在是北京的春天，到处都是绿色，从青绿到深绿，好像一根新鲜的黄瓜，嫩嫩的、脆脆的，散发着诱人的魅力。

若说北京是我与中国的月老，那么颐和园便是红线那头牵住的地方。在北京，我爱上了颐和园，深深地爱上了。实不相瞒，我已经去过七、八次颐和园了。颐和园非常大，大到即使游人如织，也能让我找到一个安静的属于自己的地方，休息、思考。我常常在颐和园享受只属于“我们俩”的时光。园内的十七孔桥和涵虚岛是我每次必去的地方。十七孔桥的每个孔上面都有一座不同的母狮子和它的两个小狮子的雕像。一个孔有小狮子在妈妈的肚子下睡觉，另一个孔有小狮子跟妈妈的爪子玩耍。每逢到了十七孔桥，我都去跟母狮子用鼻子“接吻”。这已经成为我到颐和园的惯例了。

有人说，首都不能代表全国。但对我来说，北京就是全中国的缩影。这里有西单商业街，还有中央电视台总部大楼，好像上海或者广州一样发达。此外，北京还有很多青山绿水、高楼大厦、胡同四合院等。北京整天都充满着各种各样的声音：汽车的鸣笛声、自行车车铃声，这些声音开启了北京一天的早晨，等人们到了单位以后，安静成了主旋律，只有老人们运动、聊天、散步的声音。中午的北京又变得热闹非凡，路上的行人们神色匆匆，打包午饭的声音不绝于耳。不一会儿，街道又静了下来，除了老人聊天的声音外，还有小孩儿的声音。这是爷爷奶奶带孙子孙女儿出来玩儿了。到了夜晚，北京仿佛换了一身衣裳，充满了霓虹的色彩，还有吵闹的音乐，这是属于广场舞、酒吧和饭馆的时间。

我曾经以为，居住在北京的人应该天天忙着工作、照顾孩子、运动健身等，他们的生活节奏应该很快。但是，不一定！我经常看到人们悠闲地散步、享受美食、欣赏花草的美丽、站在街上看别人跳舞、唱歌。我想，这就是这个城市的双面性吧，不管哪一面，都吸引着我去探索更多。

我爱北京，我觉得北京也爱我，我有预感，我将在这里实现我所有的梦想！

本文荣获2018年教育部第二届“我与中国”来华留学生征文比赛优秀奖。

安娜，女，1995年生，北理工2018级工商管理专业硕士研究生。

优秀奖作品

求知，哪怕远在中国

［埃及］诺莱丁

在我的记忆中，“中国”是个既遥远又熟悉的地方。遥远的是中国在地球的另一边，在离埃及数千公里外的地方；熟悉的是爸爸经常来中国出差，每次都会给我带很多有意思的小东西，这些小东西填满了我的童年，陪伴着我成长。因此，中国在我的印象中好像一部电影，在慢慢变化着。而我对这部“电影”也越来越感兴趣，总是梦想着有一天自己也能成为电影里的一个主角，演着属于我自己的故事。

终于，机会来了！2015年，我获得世界奥林匹克数学竞赛和计算机编程竞赛冠军，并被剑桥大学录取为硕士、博士研究生。但那时，去哪儿读本科是让我最头疼的问题，因为有很多选择，我无法决定。爸爸好像看出了我的烦恼，有一天他突然问我：“中国这么棒，想不想去那儿看看？”“真的吗？我不是在做梦吧？”我吃惊地问，没想到我真的梦想成真了！

“求知，哪怕远在中国。”我4岁就开始自学计算机编程，一直梦想着可以去北京理工大学学习计算机科学与技术专业，这简直是从天而降的幸运。另一方面，埃及拥有独特的地理优势，是“一带一路”西端交汇地，塞西总统更是“一带一路”建设的重要支持者和参与者，他鼓励我们去中国开阔眼界。

刚到北京，我就感受到了爸爸口中浓厚的中国文化，没有陌生感，反而有一种和老朋友约会的欣喜。更神奇的是，我真的体验到了中国的“新四大发明”——高铁、支付宝、网购、共享单车。每一个发明都是我以前没见过的，每一个发明都为我的生活提供了很多便利，每一个发明都让我不禁感叹：中国人真是太伟大了！

经过一年在北京理工大学的汉语学习，我发现我已经离不开这个地方了，因为她给了我太多惊喜和感动。特别是我的老师们，他们不仅在专业上帮助我，还在生活中给了我像家人一样的关心和照顾。这里就是我的第二个家，老师们就像我的爸爸妈妈，同学们就像我的兄弟姐妹，虽然我们来自不同的国家，但是我们有着相同的感情。

除此之外，学习汉语的经历还可以使我从不同的视角看世界，同时，可以让我离中国人近一点，再近一点儿，从而能了解他们的生活。记得第一次听京剧，这种艺术对我来说是如此神秘，人物的装扮精致华丽，声音像树林里的鸟儿一样动听，每一个表情每一个动作都牵动着我的视线。另外，去老舍茶馆也让我感受到了中国人安静、祥和、“接地气”的生活方式。朋友们聚会聊天，喝一杯花茶，看一出戏曲，忘了生活中的烦恼与压力，只享受那一刻的轻松与快乐。

这些中国文化元素对我产生了很深的影响，不仅影响了我的思维方式，还让我在北京的生活更加有趣，恨不得想每时每刻都瞪大眼睛、竖起耳朵

努力感受这个国家、这个城市的无穷魅力。

从一个文明古国到另一个文明古国，从金字塔到万里长城，从尼罗河到长江黄河。“东游”的日子里，我没有感到丝毫孤独，而是满满的正能量。我爱中国，爱她古老的文化，爱她悠久的历史，爱她善良的人民，更爱她快速发展带给我的惊喜。现在，我真的成为这部“电影”里的一个人物，也和中国发生了千丝万缕的联系，希望我们的电影永远没有Ending，也希望我们的电影会是一部令人欣慰的喜剧。

本文荣获2018年教育部第二届“我与中国”来华留学生征文比赛优秀奖。

诺莱丁，男，1998年生，北理工汉语进修生（2017.9—2018.6）；北理工2018级计算机科学与技术专业本科生。

优秀奖作品

我的新生活

［哈萨克斯坦］迪达尔

我来北京以后坐出租车到北京理工大学。留学生中心的老师为我安排了一个汉语班。我带课表回宿舍。然后开始想我的汉语班怎么样，学生多不多，老师们教得怎么样，在哪儿买书本等。可是我没想多久就决定不想了，等明天看吧。

我穿什么迎接我的新生活呢？我先打算穿西服，可是穿西服样子太严肃，我又打算穿粉色的裙子，变女神，可是学汉语又不是跟男朋友约会，所以我决定不穿裙子了。想了一晚上都不知道穿什么好，都不行，于是我决定先睡觉。

到了第二天，我临时决定把手放在柜子里，拿到什么就穿什么，我闭着眼睛把手放进去，竟然拿到了牛仔裤！哎哟，我得穿牛仔裤迎接我的新生活，心里有点儿不开心。在去教室的路上我安慰自己："穿什么衣服不重要。没事，重要的是好好学中文。所以我要坐黑板对面的第一个桌子。这样我会更努力。加油！"

到教室后发现，大部分同学都到了。倒霉！我想坐的桌子已经坐了一个男生。当然还有别的空位，可是我想坐在黑板的对面。这样我就当了那位男生的同桌。我的同桌有点胖，桌子有点小，有点不方便。我再安慰自己说：“他有点胖我有点瘦，桌子刚刚好，没事吧。”这样我们开始了学习生活。慢慢地我认识了我的同学：阿里、德格玛、陈明明、周纳泰、埃迪纳姆等。

每天我来上课时，我的同桌阿里总是看着我笑。有一天他给我巧克力。我高兴地说：“咱们一起吃吧！”他回答：“我已经太胖不要再胖了。”我看着他说；“你不胖，你的骨头大。”我们俩高兴地分享了巧克力，成了好朋友。

学语言时最需要的是词典。德格玛教我用PLECO，PLECO是汉英英汉词典。对学汉语的外国人来说很好用。

有一天阿里说他在淘宝上买了书，我也想回宿舍试试淘宝，感觉真心好，可以买书、衣服、鞋子等。我买东西之前会看评价，看评价时有的汉字我不认识，就用PLECO词典翻译。说实话淘宝帮我提高了我的中文水平。

我和陈明明喜欢安静地写汉字，德格玛和埃迪纳姆喜欢看书。他们俩读汉语很快。周纳泰不喜欢写汉字也不喜欢看书。可是他会唱中文歌。我对周纳泰说：“你真的很牛。我们都说不出来中文，可是你会唱中文歌！”周纳泰说：“我不牛，我就是每天听酷狗音乐。酷狗音乐里所有的中文歌都可以看到歌词。”听他这么一说，我也开始用酷狗音乐了，用酷狗音乐学中文歌很方便。

埃迪纳姆常常打车出去玩儿，我一般坐公交车。对我来说，打车很麻烦。因为我的发音还不准，司机不知道我要去哪儿。我看埃迪纳姆的发音也没那么好，可是他却没问题。我问他怎么跟司机聊天，他说他不跟司机聊天，我非常吃惊！哎！他说他用一个叫滴滴打车的APP。后来我也开始用滴滴打车了，确实很方便。另外我也学会了在去哪儿网买机票了，我还尝试买了从北京到天津的火车票，这些APP都很方便。我最喜欢的是微信！用微信可以跟朋友聊天、充话费，还可以跟家人视频联系。我现在出门都不带钱包，因为我有微信钱包。微信真的非常好用。有的时候我在想，如果没有微信我们该怎么生活呀！

我喜欢我的班集体，我和陈明明的汉字比较好看，德格玛和埃迪纳姆读中文很快，周纳泰的发音很标准。我很喜欢快乐的德格玛、安静的陈明明、骨头大的阿里、唱歌好听的周纳泰、聪明的埃迪纳姆。我喜欢百度、PLECO、淘宝、滴滴快车、酷狗音乐、去哪儿网、微信等。我很喜欢我在中国的生活！我爱中国！

本文荣获2018年教育部第二届“我与中国”来华留学生征文比赛优秀奖。
迪达尔，女，1990年生，北理工数学专业博士（2013.9—2018.7）。

我的中国情缘

［乌兹别克斯坦］拉米理

小时候，我最喜欢帮爸爸一起修理旧设备。我第一次看到汉字是在电器的说明书里，当时的我非常兴奋！我试图在本子上抄写汉字，然后和爸爸一起猜测这象形文字的意思。那时候我不会想到今天的我，在中国的首都北京学习汉语！

还记得我第一天来到北京，首都机场的宽敞和现代化让我感到很震撼！在机场我遇到很多热心的中国人，他们帮我找行李，带我去打车。在出租车上，司机热情地跟我聊天儿。我还记得那位司机告诉我，她的女儿在美国学习，他非常想念他的女儿。他还向我介绍中国人过春节的习俗：一个多星期以前就开始打扫房子，准备过年吃的、用的东西，买新衣服，写对联，包饺子，大年三十中午十二点以前把写好的对联贴在门上，晚上全家人一起吃年夜饭。第二天一大早孩子们要给大人拜年，大人给孩子们红包，也叫“压岁钱”。司机告诉我，不管红包里放多少钱，这些钱都会带来幸福……从机场到学校，我和司机聊了一路。虽然我是第一次来北京，但是我一点儿也没有感到陌生。

在北京的这三个月里，我去了很多漂亮的地方。比如植物园，在那里我看到了很多外来植物，例如樱桃、李子、桃子，还有一些药用植物。许多蜜蜂在果树附近飞来飞去。我被盛开的花朵包围着，似乎置身于童话故事里。那落英缤纷给我留下了绚丽多彩的回忆。我也参观了动物园，在那里，我见到了人生中第一只真正的熊猫！它的毛看起来非常软，它的鼻子黑黑的，目光亲切，样子特别可爱。它们有惊人的睡眠质量，根本不在意周围的噪音。动物园里还有一个大型水族馆。最让我激动的是与鲨鱼的会面，还有那些鳐鱼，就像空气中飞翔的大鸟一样。当然我最喜欢的地方是故宫，神秘的故宫也是北京最具吸引力的景点之一，任何人都可以感受它的宏伟。在我眼里，那幽静的凉亭和神秘的雕塑更让故宫显得别具魅力。我非常喜欢这个地方。

在这一段时间里，我也品尝了很多中国的美食。我早已梦想品尝一顿真正的北京烤鸭，如今我的梦想实现了！我没想到它是那么的好吃！另外，我也很喜欢火锅。我从来没有见过这样的烹饪方式，人们可以一边聊天儿，一边煮各种肉类和蔬菜，这样的吃饭方式对我来说很是新奇！在北京理工大学学习的日子里，我遇到了许多不同国籍的人，我们一起分享在北京生活的愉快时光。我也很感谢勤奋有才华的老师，是她们让我在这里感受到了学习汉语的乐趣。我也同时感受到了中国人的开朗和他们的幸福感。当你走在王府井、南锣鼓巷这样的购物街上，热情的中国人会过来跟你聊天儿、和你一起拍照片，他们非常开朗真诚，就好像是你多年的朋友一样。

北京是中国的首都，也是政治、文化、经济的中心，在这里你可以感受到中国社会和经济的飞速发展。在北京，我获得了宝贵的经历。我结交了来自世界各地的朋友们，我参观了北京的名胜古迹、了解了中国的文化。现在我已经觉得北京成为我的第二个家， 我希望我还会来到这个美好的城市。我觉得我与中国的情缘才刚刚开始！

拉米理，女，1997年生，北理工校际交流生（2018.3—2018.6）。

我与北京的点点滴滴

[马达加斯加] 徐伟泉

北京给我的第一感觉是熟悉，还记得我刚到北京的那天，正好是夏末秋初，不太热，很凉爽。这跟我们国家的天气非常像。

北京给我留下了非常好的第一印象，我当时就喜欢上了这里。我一下飞机就发现中国人太多了，到处是走来走去行色匆匆的人，看来这儿的生活节奏挺快的。更何况当时又是下班高峰期，公交车和地铁上人也很多，真是人山人海啊，这是我第一次见这么多人。看到这么多人并没有让我感到不舒服，反而激发了我的好奇心。在我们国家人很少，你今天见到的某些人有可能明天或者后天还能碰到。我想这样的情况在北京不会发生吧，如果真发生了那就算是奇迹了吧。

我在北京的学习生活：我来北京的目的是提高我的汉语水平，我之所以选择北京理工大学是因为：第一，北京理工大学是中国最好的大学之一，当然老师们都很专业，都有着丰富的教学经验；第二，学校所在的魏公村一带都是大学，人文环境不错，很容易交到朋友；第三，我的朋友也在这儿上大学，我们可以随时见面，不会觉得孤单，大家也可以互相帮助。幸运的是我在北京理工大学学习一直没遇到什么大的困难，同学们也都很快就适应了北京的生活，我已经把这里当成了自己的第二故乡。

我在北京的游乐：世界各地的人都想到中国旅游，特别是到中国的首都北京来参观游览，因为这儿的景点大都有悠久的历史，尤其是长城。而我呢？“近水楼台先得月”，我就在北京留学，什么时候想去都可以。你知道外国人到北京旅游最重要的原因是什么吗？那就是想到长城去看看。俗话说：“不到长城非好汉！”来中国之前我就已经想好了，每个周末最少参观两个名胜古迹。第一个参观的名胜古迹当然是长城了，看到做梦都想看的长城，我觉得非常震撼！中国人太伟大了，在那个交通和科技不发达的年代，竟然建了一个这么耗费人力的工程，中国人真是太聪明了！在北京，每个地方都有自己的故事，有自己的特点。我每次去参观的时候感觉既提高了历史、文化知识，又可以欣赏许多新的漂亮的地方，真是一举多得啊！

我在北京的饮食：来中国以前，我听说中国南北方的饮食有很大差异，北方人主要吃面食，南方人主要吃米饭。所以我很担心来北京后会不习惯，因为我们国家的主食也是米饭。可是当我去食堂以后，我就彻底放心了，食堂里有很多米饭，当然也有很多面食。之后我每次在这里吃饭的时候都感觉还是在国内，因为往右看有米饭，往左看有米饭。除了主食之外，北京的菜我都喜欢，尤其是北京的特色菜，比如烤鸭，宫保鸡丁等。给我印象最深的是北京的清真八大碗，就是很多菜放在桌子上，然后一起吃，而且特别好吃，真让我大饱口福。

总的来说，北京是一个历史悠久，环境优美，美食多种多样的地方。我喜欢北京，我喜欢在北京留学，我喜欢在北京生活，我喜欢在北京玩儿……在北京的点点滴滴，都将成为我以后的美好回忆。

徐伟泉，男，1993年生，北理工2018级汉语国际教育专业硕士研究生。

我心中的中国

［马达加斯加］于雅静

时间一转眼就过去了，没想到我在这里已经生活了一年，在这边我不仅学到不少中国文化和知识，还学会了怎么做人。我来这边以后经历了很多，让我长大了，学会独立生活。我在中国也发现外面的世界很大，各种各样的东西都有，接下来让我给你们介绍我心中的中国吧。

首先，我来跟你们说一下中国的美食文化。我来这里发现中国的菜有很多味道，南方和北方的主食不同，而每个省都有自己的一道特色菜。中国的饭菜很丰富，有意思的是有的菜和菜名关系不大，比如“鱼香肉丝”并不是用鱼做的。一些菜甚至有自己的故事，像“麻婆豆腐”“宫保鸡丁”，这些菜都有一段有意思的故事。我们国家没有中国这么丰富的饮食文化，平时早中晚一般都是吃米饭加一种菜，为了身体健康每天要轮流吃素菜或吃肉，菜不像中国菜有那么多用料，口味也不多，菜的味道基本上都是咸的食物。

第二，我在中国不知不觉适应了中国人的生活习惯。吃饭的时候中国人用筷子，而马达加斯加人用勺子，刀叉。在我的国家，吃饭时都把饭菜分到每个人的盘子里，大家只吃自己盘子里的东西，这叫分餐制。而中国人跟我们不同，在家里或者在饭馆吃饭菜都不分开，大家同吃一盘菜，让家人或朋友之间的关系更亲密。但中国和马达加斯加人喝酒的文化差不多，有人到家里做客，主人先要请客人干一杯。中国人最喜欢喝的饮料是茶，而我们马达加斯加人一般都喝咖啡。

第三，我要讲的是两个国家的习俗。我们的风俗不同，马达加斯加人每天打招呼时要握手，而中国人打招呼一般没有肢体接触。另外，跟中国人交友比较容易，中国人一般都很热情和善良，他们很愿意帮外国人，这大概跟中国的文化有关系吧。而马达加斯加人有时候对外国人没那么热情，这大概是因为历史上我们被别国侵略过，所以我们对外国人没有那么好的印象吧。

通过在中国生活的观察和学习，我特别喜欢中国，喜欢中国文化，喜欢中国食物，喜欢中国人，喜欢汉语，我要把汉语学好，回国以后教我们国家的孩子们，让更多的人了解中国和走进中国！

于雅静，女，1996年生，北理工2018级汉语国际教育专业硕士研究生。

寻根中国

［柬埔寨］黄诚宏

2018年9月3日，是我第一天来到北京理工大学的日子。我很幸运，获得CSC奖学金来北京读四年商业管理博士。选择来中国留学，是因为我觉得中国是世界上最棒的国家之一。我的祖先也是中国人，他们移民到柬埔寨，到我是第三代了，因此，来中国不仅是为了探索研究这个快速发展的经济体，也是为了了解祖先的国家。现在我的梦想成真了。一转眼我到中国留学差不多三个月了，通过这段时间的见闻，我发现中国特别伟大，经济和科技进步非常快，交通工具又现代又安全。

中国是一个历史悠久的国家，也是人口众多的国家。这里人才济济，到处都是高层建筑，大街小巷都热热闹闹的。说起来也算是一种缘分，去年这个时间我也去过廊坊、北京，参加了东盟国家出入境管理与证件鉴别培训班。那时候虽然时间只有短短两个星期，但我们东盟亚国家的前线移民警官跟中国的武装部队结下了深厚的友谊。给我印象最深刻的是万里长城和泰山之旅，不仅观赏了雄伟风光，还留下了好多美好的回忆。真是应了那句古话："有缘千里来相会。"

经过四十年的经济改革，中国不断发展，现在的中国不仅是全球第二经济体，未来说不定也会变成全球第一经济体，也会成为全球科技中心之一。因此，能到这里留学是探索美好世界的大好机会。在北京的每一天，我都看到了经济的繁荣。超级忙碌的快递人员，数不清的货物，说明这里的交易运行顺利。中国经济的影响力也扩大到了海外，比如柬埔寨，到处都是中国产品。以前我去美国、澳大利亚和其他发达国家的时候，看到的大部分也都是中国产品。令人印象更深的是中国科技的发展，尤其是网上支付，给销售者和消费者都带来了非常大的便利。所有付款均能通过智能手机或其他可访问互联网的设备进行，真让我大开眼界。

中国有那么多吸引人的地方，人们在国内能轻松安全地旅行，特别是高铁，安全、准时。我曾经去过的几个发达国家，乘坐的高铁也没有像中国的那么现代。上个星期我到东戴河、山海关旅行，只用了差不多三个小时，睡了一觉就到了，一个小时三百公里的速度，太棒了！在城市里也是，乘坐地铁想到哪里，就去哪里，想什么时候去，就什么时候去，又方便又便宜，对我们留学生来说太方便了。2018年10月23号，全长五十五千米的港珠澳大桥——世界上最长跨海大桥正式开通，人们在香港，珠海，澳门来往就方便多了。

说心里话，来中国留学是我生命中最美好的一场梦，再给我一次选择的机会，我还是会选择中国。中国，您太棒了！

黄诚宏，男，1984年生，北理工2018级工商管理专业博士研究生。

『香蕉人』回中国

［美国］周美伦

生于中国，但在美国长大的人被戏称为“香蕉人”——外面是黄色，但里面是白色，就像我。虽然从小父母也会给我讲一些中国的事，比如在海外努力学习工作的中国学生的故事、中国很多菜口味都很重、中国社会跟美国很不一样等，但这些父母口中的中国离我太遥远，让我对中国很好奇。因此，当我需要向学校提交国外学习目的地时，我很自然地就选择了中国。一想到我要开始一段长期的单人旅行，能亲眼看看中国是不是跟我听到的一样，我就觉得兴奋。

我是那年冬去春来的时候到中国的，二月的风还很寒冷，我在初春的微风中瑟瑟发抖。天空是灰色的，显得机场看起来也很阴沉，但我很兴奋，因为我到中国了！

中国人很善良。我常常丢东西，好几次丢了护照、现金，总有人来通知我去拿丢失的物品，所以我丢的东西就好像自己出去玩了一趟最后都回家了。每次去食堂或者商店，那里的工作人员都会对我微笑跟我聊天，分享他们的日常生活并要求听我的故事。我的老师们也都很亲切，如果需要提交材料，她们总是会非常认真仔细地帮助我，每次有问题，即使是课外时间，他们也会耐心地给我解释。身边都是友好善良的人，我觉得非常亲切，生活学习都很舒服安心。

去国外生活学习不仅是难得的机会，还可以帮助人快速成长。来中国以后，我不仅要完成我的学习，还要努力适应中美之间的差异。最明显的就是电子支付方式，在美国，这项技术刚刚起步，还没有那么受欢迎，人们也似乎不相信电子银行，但是在中国，电子支付已经在各个场所都能用了。将银行账号和微信的电子钱包绑定，出门就不需要带现金，这个电子钱包成了我最好的朋友。现金支付好像已经一去不复返了，人们都在轻松地刷二维码。给朋友汇款或者AA付款就像发条消息那么简单，只要点击两次就能完成。另外，Mobike和ofo是两个最受欢迎的共享单车APP，扫一扫就能骑车去想去的地方，真是太方便了！

我最难忘的回忆就是挤地铁挤公交，人好多，以前我走路都很慢，现在我必须要快，不然上不去车。我感觉中国人的生活节奏非常快，也让我不知不觉变得“快”起来，对自己学习生活的规划也更加有条理，我现在更加大胆和自信了。

现在的中国跟父母口中的中国已经不一样了，现在的中国发展这么快变化这么大，机会也这么多，将来我也会考虑在中国工作。越来越适应中国环境的我好像已经不是“香蕉人”了。

周美伦，男，1999年生，北理工校际交流生（2018.2—2018.6）。

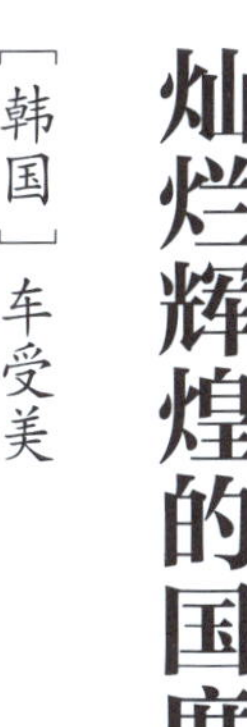

灿烂辉煌的国度

［韩国］车受美

我大学二年级的时候，渐渐地对中国产生了兴趣，于是决定来北京看看。那是我第一次来北京，虽然在北京只度过了一段很短的时光，但我在这里感受到了她宏伟壮丽的风景和历史悠久的文化。

再次来北京是去年作为交换生的身份来的。这次差不多在北京生活了一年，所以，我的感受和上次相比不太一样。北京果然是中国的首都：规模宏大的建筑，方便快捷的交通，令人垂涎欲滴的美食，丰富多样的活动，种种这些都深深地吸引着我。

来北京以后，有三件事对我的生活影响最大。首先，我尝试使用了这几年在全中国流行的共享单车。它普及很广，给人们的生活带来了很多便利。其次，这里还有在韩国没有的滴滴打车。只要在手机上预约一下，出租车就会来门口接顾客，既方便又便宜。最后，是发达的“外卖文化”。其实韩国也算是外卖服务发达的国家，但却无法与中国相比。在这里，甚至只是一杯饮料都能送宿舍门口，简直太神奇了。除此之外，还有以前只能在视频里听到的北京的“儿话音”。当我亲耳听到时，心里非常激动，真切地感受到了北京话的“酷”。在我心目中，北京人的谈吐很风雅，恨不得能马上跟他们一样可以说一口流利的北京话。

北京的名胜古迹我差不多都去过，不过我认为，虽然北京的名胜古迹当之无愧是中国文化的体现，但是除非去过“胡同”，否则不算来过北京。从已经有些商业化的南锣鼓巷到那些不知名的安静的小胡同，它们都散发着宝贵的文化气氛。北京的发展节奏飞快，但在胡同里能享受到缓慢悠闲的时光，溜达之余就能忘记所有烦恼。我在这里的胡同和四合院可以感受到“老北京”的生活。

北京既是中国最古老的大都市，又是最能体现现代化的城市之一。我在两个特点共存的北京生活，过着充实自由的日子，虽然只剩下两个月了，但我希望最后的这段北京生活可以过得完美。回国以后，我一定会经常想起这段美好的时光，也会怀念北京的一切。

我很好奇，时间飞逝，当我再次来北京时，北京会变成什么样子呢？

车受美，女，1996年生，北理工校际交流生（2017.9—2018.6）。

缘在中国

［马来西亚］陈泓名

夜深人静，躺在舒适的被窝里，睡意连绵不断地朝我袭来，然而我的心事却一脚把它踢了出去。现在的我，来到了另一个国度，准备适应不一样的环境，看着不一样的夜空，呼吸着不一样的空气。2017年9月4日凌晨，是我在北京的第一个夜晚。我的内心充满了期待和彷徨，期待的是即将迎来丰富多彩的大学生活，彷徨的依旧是充满未知数的未来。我与北京的缘分就这么开始了。

能来到中国留学真的非常不可思议。毕竟家里的经济条件一般，自己的学业只是差强人意，我对于出国留学这件事不抱有任何期待。然而妈妈的想法却让我出乎意料，她居然鼓励我到中国留学！我喜出望外，并开始了一系列到中国留学所需的准备。所谓“皇天不负有心人”，八个月后，我如期收到了来自北京理工大学的录取通知书，申请的奖学金也审核通过了！我的妈妈就像故事里的月老，用红线把我和北京牵了起来，开启了我们之间的缘分。在此感谢我的妈妈在我经历人生各个阶段和转折点时给予的鼓励和建议。虽然以前叛逆的我经常把她的话当作“耳边风”，但我终究还是明白了“良药苦口利于病，忠言逆耳利于行”这个道理。

在中国，汉语是官方语言。身为一个外国人，我比较庆幸的是自己在语言方面没有什么障碍。我出生于马来西亚，是一个多民族国家。我是马来西亚华裔，从小就接受中文教育，并且因为家中良好的语言环境，我也能说一口流利的中文。虽然有些词语的用法和中国本土有些差异，导致有时候中国的小伙伴们听不太懂我所表达的意思，但这并不妨碍我们的心不断靠近。我跟很多中国学生成为很好的朋友，他们热情好客。还记得那时刚认识一位中国的小伙伴，他送了我一瓶产自马来西亚的运动饮料“100PLUS”。这个饮料我从小喝到大，在中国居然也能喝到，心里莫名产生了一种归属感。

北京是个四季分明的城市。去年冬天，北京的温度在零度上下徘徊，冷得我瑟瑟发抖。我们班上一位来自甘肃的小姐姐带我到一家羊肉火锅店去吃他们家乡的特色菜。她告诉我：“在中国西北地区的冬天，人们为了让身体暖和，都喜欢在冬天吃火锅。”当时那位服务员把火锅端上来以后，还给了我一支吸管，我以为是喝汤用的，结果是我孤陋寡闻了，吸管居然是用来吸羊的骨髓的！在此感谢我在北京遇到的人、事、物，能和你们相识是一种缘分。不论是好是坏，这些都将成为我人生中美好的回忆。所谓“海内存知己，天涯若比邻”，人生中虽然有无数的过客，但我希望在这些过客当中能留下一些知心朋友，一起分享我的喜怒哀乐。

如今已经是我在中国留学的第二个学期了。身边的朋友都会问我是否后悔当初放弃留在国内上高三，选择到中国留学。然而我能很肯定地告诉他们，我不会。所谓“鱼与熊掌，不可兼得”，很多时候做决定必须得取舍，很难做到两全其美。这只是我和北京缘分的开始，我决定毕业以后留在中国继续发展我的事业，希望这个缘分能持续得久一些，并且得到我预期的收获和成果。

陈泓名，男，1999年生，北理工2017级国际经济与贸易专业本科生。

不到中国非好汉

［哈萨克斯坦］马伟明

四年前，我只有十五岁，第一次来到中国，那时候的我是一个什么都不知道的笨笨的小孩儿。

我上高中的地方叫延庆，是北京北部的一个小县城。那里风景优美，其中最著名的就是八达岭长城，“不到长城非好汉”，所以我建议大家来中国一定要来八达岭。还有龙庆峡，我没法用语言描述这个地方，因为它太美了，好像上帝来过这里，把它变成了天堂。

延庆只是一个县，所以人口不多。我刚到那儿的时候，觉得很奇怪——为什么这边的人都盯着我看，一边看一边聊。那时候我只知道一句“你好”。我想知道那些人说什么，就开始努力学习汉语，每天从早学到晚。不知不觉两个月过去了，我的汉语水平有了很大的提高，能跟中国人交流了，我非常开心，更喜欢中国了。

在学习过程中我认识了很多朋友。那时候我问中国朋友，为什么人们盯着我看？他反而问我，头发是黄色的是不是因为染了发？我有点哭笑不得。这时候我才明白原来大家盯着我看是因为我跟别人不一样，因为中国人都是黑头发黄皮肤。大家看我是因为我“特殊的样子”，并没有不好的意思。过了一年，我慢慢习惯了这些目光，开始主动跟人们聊天，然后发现其实中国人很友好，跟他们聊天很有意思。

刚来那会儿，我不仅模样特殊，口味也跟中国人不一样。当时我不习惯吃中国菜。中国有一句话：“民以食为天”，中国人都爱吃、会吃，还什么都吃。可是我不行，小时候我有点儿挑食，很多东西都不吃。比如，中国人特别喜欢吃辣，可是那时候我真的吃不了辣，所以每次吃饭都发愁。但现在我习惯了，什么都能吃，最喜欢的就是宫保鸡丁。除了宫保鸡丁我还喜欢吃中国的海鲜。我的国家没有海，所以很难吃到海鲜，来中国以后就不一样了，海鲜那么多，还都物美价廉，真幸福。我最喜欢的海鲜是螃蟹，太好吃了！中国菜治好了我的“挑食病”。

还有一个问题是用筷子，因为我是左撇子。中国人一般都用右手吃饭，很多父母看到孩子是左撇子就要纠正。我想“入乡随俗”，所以努力改变自己，每天练习，后来我不知不觉就学会了右手用筷子，中国真的给了我很大的影响。

两年后我的汉语水平有了更大的进步，那时老师们问我想不想参加比赛？这个问题让我很惊讶，我问老师我行吗？他们笑着回答：“这些比赛对你来说没问题。”听到自己的努力得到老师的肯定，我特别开心。后来我参加了很多比赛，得了很多奖。记得在一个比赛中要背一句毛泽东最经典的话，我最喜欢的是：“好好学习，天天向上。”这句话现在就是我的“座右铭”。

我来北京四年多了，这四年我见证了自己的进步，感受到了北京的热情。刚开始认识的时候，我觉得一切都很陌生，渐渐地，我爱上了这里，这儿已经是我的老朋友了。中国给了我太多惊喜，还有更多惊喜需要不断去发现。我要努力，跟上中国发展的脚步。我爱延庆！我爱中国！

马伟明，男，1998年生，北理工2017级国际经济与贸易专业本科生。

我与中国的不解之缘

[越南] 范氏黎花

从小我就喜欢看中国电影，印象最深的要数当时风靡全国的《还珠格格》了，我希望有一天能去中国旅行，去看一看电视剧里格格住的地方。我一直不曾想过会有机会来中国留学，而我的一位好朋友向我介绍他的学校，还给我分析来中国学习有好处。比如说：在这儿留学离家很近，想回家就能回家。这里还有很多好玩的地方，有很多名胜古迹，季节和文化和我们国家比较相似，有很多机会旅行和了解中国文化，中国的教育体制很有名等。听他说完，我觉得很有道理，我也应该出去多看看世界，于是我决定跟他来中国留学。

来到中国后，我看到很多有趣的东西，我的学校真大，风景也非常优美。让我没想到的是，北京的人那么多。人们每天好像都很忙，忙着上班、忙着工作、忙着回家。来到这里以后，我的生活节奏似乎也变快了，只有这样才能追赶上别人的脚步。不过虽然中国的人很多，但是这并没有难倒聪明的中国人。中国政府采取了很多方法解决人多所带来的问题，就拿交通来讲，中国的公共交通比世界上大部分国家都方便得多，如果你想去好玩的地方，公共汽车、地铁、高铁都能带你去，非常快，你也不会迷路。

中国的教育系统非常健全，效果很好。中国政府大力投资重点行业，例如：军事科学技术、治理环境污染什么的。中国经济也在快速增长，这个国家是世界第二大经济体，还是世界上最大的外贸国家。中国的网络系统非常强大，银行、网络和业务之间的连接相对比较紧密，支付方式也很方便，如微信、支付宝，你可以在家里购物，点外卖。这使中国成为一个有着自己特色的国家。刚来中国的时候，我无法适应这里的食物，它太油腻，又辣又咸，但到现在为止，我已经适应了这里的学习和生活。

自从我来到中国，我发现自己有了很大的改变。首先是学习方面，我报名上了一年北京理工大学的汉语补习班，后来学习专业。上课的时候，我认识了很多外国学生，学习专业时认识很多中国同学，老师们对我们很关心，也很照顾。每位老师有不同的授课方法，让学生可以畅所欲言。同时，学校也给我们提供很多参观名胜古迹的机会，比如参观故宫、长城、颐和园等。让我们通过那些活动了解到了中国的文化历史。还有就是交流机会，我通过周围的同学了解了中国和其他国家的文化。这些活动都让我变得更加自信，变得更加勤奋，我的思维方式也发生了很大的改变。我知道，这都是中国这片土地赋予我的能力。在中国留学有很多好处，但是也有很多困难，这也让我知道了，如果要得到成功必须得靠自己——虽说这是很辛苦的事，但是也很快乐。

范氏黎花，女，1978年生，北理工2017级工商管理专业博士研究生。

我与中国的美丽邂逅

〔马来西亚〕叶沛盈

两年前的一天，我第一次双脚踏上这块地大物博、人口众多、历史悠久的土地——中国。是的，很感谢我能被北京理工大学录取为本科生，在北京开始我四年的大学生活。很多人对中国的印象都停留在以前，但中国在2008年北京奥运会上呈现的一切，让世界人民都为之赞叹。现代化的北京到底是一个什么样的城市？我怀着旺盛的好奇心来到了北京。

还记得刚抵达首都国际机场的我很疲倦，眼皮很重，眼睛也快睁不开了，但我还是被眼前这座城市的美给震撼到了。从机场到学校的路上我不敢合上双眼，生怕错过了沿途的风景，心里还有点小激动。

转眼间我来到北京快两年了，回想刚到北京时的往事，好像还是昨天。这里对我来说既熟悉又神秘，熟悉的是身为华裔的我终于来到了故土，这让我有一种归家的亲切感；神秘的是这里有着五千多年的历史遗迹，一砖一瓦都让人着迷。中华文化博大精深，这些值得我慢慢发现与深入了解，更让我惊喜的是这个国家、这个城市的经济和科技的发展，迅速得像是正在高空飞翔的巨龙。

科技的迅速发展让我在北京的生活便捷了许多，可以说是一部手机万事通！出门没现金？没卡？都不要紧，只要你的手机有电，就不怕不能购物，不能打车等，最重要的是不怕在外面会饿肚子了。真是一机在手，一切在握！网络的发达，让我可以在网上购物、预约出租车，不想自己做饭了可以叫外卖，食物就会送到你家门口，感觉有点像饭来张口！而且，这里的公共交通设施很完善，地铁路线多，出门路上不怕堵车，想去哪儿都很方便，更重要的是价格还便宜。

北京对我来说，像个有着东方之美但又不会缺少现代美的女性。在这里，有被保存得很好的历史古迹，也有着现代繁华都市的面貌。行走在北京城，悠远古老的文化气息扑面而来，古色古香的四合院，华贵精美的潭柘寺，雄伟端庄的故宫，都让我这个留学生陶醉。除此之外，走在北京的老街上，还可以听见老北京的叫卖声，小孩哼着北京的童谣，这场景如同一幅画。

来到一个新的环境当然少不了吃好吃的！我挺喜欢这句话——民以食为天，这句话是说中国人对食物的味道很讲究，食物对一个人很重要。身为吃货的我举双手双脚赞成！在北京聚集了很多美食，除了能品尝到地道的北京风味，还可以品尝到其他地方的中国美食。尽管中国美食与我熟悉的家乡菜在口味上有许多的差别，但是每道美食都有属于自己的独特美味。有时候我都觉得我被中国美食蛊惑了，因为这里的美食太多了！而且每天都能吃到不一样的菜！美食在眼前时真的难以自制！

至于学习方面，现在的我很快就要步入大三了，虽然在学习和课业方面的压力会越来越多，挑战也越来越困难，但是我会把这些压力和挑战转换成我进步的动力。在这里有乐于助人的老师，有很多热情的同学，只要我有问题，无论是在学习上还是其他方面，他们都会尽可能地帮我，我很感激。

“一寸光阴一寸金，寸金难买寸光阴”。时间一去不复返，我会好好珍惜在北京、在中国的每一寸时光，也会铭记于心。

在这里发生的点点滴滴，就好像夜空中的星星一样，点亮了我的人生，丰富了我的生活。在这个过程中，我交了很多朋友，接触了许多国家不同的文化，也学习到了很多课业上所没有的东西，在这里，我的生活变得更加多姿多彩。我爱中国！

叶沛盈，女，1998年生，北理工2016级工商管理专业本科生。

我终于来到了中国

［泰国］苏伟

我是一个泰国人，从幼儿园到硕士一直在国内学习，没有到外国留学的经验。所以硕士毕业后，我的梦想就是，如果有机会的话，就去外国留学！但是那时候可能性很小，因为去外国学习得花很多钱，我是一个穷人，没有那么多钱，所以想也不敢想。

硕士毕业以后，我在泰国皇太后大学当老师，那时候对泰国人来说，中国很有名，如果谁会说汉语，就是很优秀的人，虽然我想来中国留学，但是从来没有学过汉语，一点儿也不会说，所以就放弃了！巧合的是，五年以后北京理工大学和我们的大学有合作，所以北京理工大学给皇太后大学的师生提供奖学金，用于到北京学习。当时我很激动，就坚决要来中国读博士。原因是在泰国很少有博士生，特别是在中国毕业的；另外一个原因是我想学会汉语，了解中国文化，去中国旅行。非常感谢北理工，让我实现了理想，我终于来到了中国！

来中国以后，没想到汉语特别难，用汉语读博士更难。每一天学习都很辛苦，但生活也很丰富，我参加了很多活动，去过了很多地方。现在我在中国生活了一年多，虽然有一点儿寂寞，因为还想家，想泰国菜，但是也高兴得不得了。我第一年来中国认识了一些老师，他们特别善良，每天都努力给我们上课，有问题的时候可以直接告诉他们。除了鼓励我们好好儿学习汉语，还对我们像他们的家人一样，所以我非常开心成为他们的学生！

当然，我还认识了一些中国朋友，他们都很淳朴，一直在我的身边帮助我，带我去了很多旅游的地方。我觉得我很幸运，有机会当他们的朋友。比如上个春节，有一个中国朋友邀请我去他的老家过年。因为那时候我不回国，所以他怕我在北京很孤独，最好是去他老家跟他的家人一起过年。我很高兴，因为至少还有朋友关心我。

他的老家在山西省的农村，我在那儿生活了差不多两个星期，他的家人很热情，每个人都喜欢跟我聊天儿。虽然他们说的话我完全听不懂，但是我可以感到他们的爱。农村人很淳朴，他们想什么就说什么。他们每一天的生活很简单，吃的东西、穿的衣服，都是简单的。我觉得我已经爱上中国的农村了！

我在中国一共学习五年，现在已经过去两年了，所以我得好好学习，毕业后让更多的泰国人了解中国，了解中国文化。

苏伟，男，1984年生，北理工2017级法学专业博士研究生。

美丽中国行

［越南］阮氏绒

不知不觉我在中国生活快三年了，真是不可思议，要知道我以前从未有来中国留学的想法。回首这一切，我想说这应该就是缘分吧！

大学一毕业我就来到北京理工大学读研了，还记得出发的那天我拉着大大的行李箱在飞机场激动得不得了，可家人的心情和我正相反，他们的不安、担心及对我的不舍都写在了脸上。

北京给我的第一印象就是沉默，可能因为当时是九月份，又赶上了阴天。在飞机场高速路上，我看着一辆辆车从身边驶过，觉得非常安静，还没真正看到市内的热闹景象的我在车里开始期待与北京的真正接触。现在细细回想起来，在北京生活的时间虽然不长，但我在努力地去感受北京这座城市的古老，这个繁华大都市的发展，以及北京的美食和美景。

我这几年不仅好好学习，还趁假期把北京乃至其他城市走了一遍。我对中国的记忆可能是满满的旅行体验，北京、天津、河北、河南、常州、上海、苏州、深圳、广州、南宁……我都去过。这些地方让我更好地了解了中国，每个城市的美食，风俗习惯，天气都不一样。每到一个地方我都会和当地人学习方言，每个地方都给我带来新奇的体验。我不仅迷上了各个地方的美景，当地的美食和风俗也都让我着迷。有机会看他们怎么过日常的生活，怎么用方言交流都让我觉得很幸福。

听很多人说：不到上海不知道楼高，不到广州不知道胃小，不到深圳不知道钱少。果然是这样，上海外滩的夜景非常迷人，欧式建筑让上海别有风味。我最爱吃粤菜，广州人好吃，各种各样的美味让我满足。深圳热闹繁华，消费也相对高些。在深圳旅游时还欣赏了市民广场为庆祝中国40周年改革开放的灯光秀，随着灯光表演开始，全场人都沸腾了，真是太震撼了！

今天一早起床听到“江南”的古筝歌曲，我突然想起江南的古镇——周庄古镇。中国人有句话“上有天堂，下有苏杭，中间有个周庄。”果然是这样，周庄古镇跟别的古镇不大一样，带有江南的风味。

周庄古镇位于上海和苏州之间，是一个浪漫、美丽的古镇。古镇有很多桥，最有名的是双桥。我在周庄喝过当地有名的阿婆茶，听过那里的江南民歌，吃过当地美食，赏过他们五颜六色的灯。到现在还念念不忘，有机会我一定要再去周庄！

简单地说，我是通过旅行慢慢地了解了中国，每去一个地方，最大的收获是满满的回忆、精彩的体验，手机里、照相机里全是美丽的照片。旅行不仅仅只是看天地，见众生，我还能找到自己，找到我喜欢做什么，想过怎么样的生活。回到北京，在校园的咖啡馆一边喝咖啡一边写游记，顺便把我的见闻传到 Facebook和 Blog上，让越南朋友也感受一下中国悠久的历史，古老结合现代的文化，也是一件开心的事情，期待他们也来中国，我们一起去旅行。

“读万卷书不如行万里路”，在行走中，我走进了中国，中国真美！

阮氏绒，女，1993年生，北理工理论经济学专业硕士（2017.9—2019.7）。

中国，一个给了我无限惊喜的国家

［越南］裴国越

真不好意思，说实话我从未有来中国留学的梦想。越南和中国是河连着河，山连着山的两个国家。越南文化深受中国文化的影响，我也在这样文化环境中长大。正因为相似，所以来中国学习并不是我的梦想。可在中国学习两年后，我发现我的选择是正确的，因为中国"征服"了我。

首先中国给我提供了一个非常好的学习环境。从北京理工大学汉语补习班的第一年到专业学习的第二年，在各位老师的热情帮助和导师的指导下，我获得了很多新知识。不管是学校的基础设施，还是实验室、教室所拥有的设备，乃至这里的人情都让我感到十分满意。

其次，在中国学习，我有更多的机会跟本地人接触，有更多的中国朋友，因此我可以更加了解中国与中国人的魅力。我接触过的中国朋友，他们都非常热情、平易近人，也都很乐意帮助外国人。不管是学校的警卫、前台的工作人员，还是你在路上所碰到的陌生朋友，如果你有什么问题需要帮忙或者想了解，他们都很乐意帮忙。尤其是我们班的中国同学，上课的时候他们是我的榜样，也是我的老师，在跟他们交流的过程中我学会了很多新鲜有趣的东西；下课后他们成了我的好友，热情地帮助我解决生活中所遇到的困难，给我带来强烈的归属感。

还有，在中国学习的这两年，给我提供了一个很好的机会让我去了解一个有五千年历史的国家之独特文化。随着对中国文化了解的深入，我发现中国文化的内涵真是深厚。从中国的优美文字到令全世界称赞的宏伟建筑，无一不让我着迷。

最后，中国可以说是名胜古迹的圣地，有众多的世界自然文化遗产，即使是很小的城市也有吸引人的景点。我曾经去过中国很多地方，我的中国朋友也给我介绍过很多地方特色，虽然我还没有机会走遍中国，但我真的觉得中国是一个非常美丽的国家，是理想的目的地。如果你来中国，我相信中国会给你带来更多有趣的体会。

如果让我用最简单的话来概括中国，我会说，中国给了我无限惊喜，在我心目中，中国是最美的！

裴国越，男，1986年生，北理工2017级工商管理专业博士研究生。

中国——我的第二故乡

［蒙古］莲花

北京，这里有中国的象征——天安门，这里是中国的首都，是世界上最安全的城市。

蒙古是中国的邻国，常常能听到中国歌曲，看到中国电影。我非常喜欢看中国的电影和电视剧，这一兴趣源于那部当时非常火的《还珠格格》，新奇的故事吸引着我，让我爱上了中国电视剧。那时我每天放学回家第一件事就是坐在电视机旁看中国电视剧，比如《绝代双骄》《妈妈不哭》什么的。姐姐知道后，把我喜爱的所有电影明星都画下来做成一套图册送给我当生日礼物，这是我收到的最美丽的礼物。

从那以后，我开始自学汉字，有时会在数字里穿插进汉字，同学们看到后都觉得有趣，纷纷问我这是什么，还好奇地问：你真的会写汉字吗？我微笑着回答：是的，我真的会了。虽然这么回答，但我知道我写得并不正确。我想开始学习中文，我想去中国留学。

我选择了北京——这个梦幻的城市。这里是我离开家乡开始独立的地方，也是我的梦想开始的地方。

快乐，是我在中国最强烈的感觉。有机会来中国留学，我和家人都觉得非常幸运。北京，是一个国际大都市，有2000多万人在这儿生活和工作。这里有悠久的历史，几千年的文明。在北京，随便找个下午或周末就能游览那些闻名世界的名胜古迹，比如故宫、长城、颐和园；如果想要扩大知识面，这里还有数不清的博物馆、展览馆，随时都能欣赏到世界上那些伟大的作品。这一切都表明了中国人民的勤劳努力和智慧头脑。这是多么伟大！

北京还有随处可见的各地美食。中国以烹饪艺术闻名，不少地方都有自己独特的风味。以春节为例，南方人和北方人吃的东西是不一样的。在南方，春节时人们吃用米粉制成的年糕。汉语里的意思是年年高，越来越好。但在北方，人们吃饺子，饺子不光是新旧年交替时刻的见证，也因为形状像金银锭，代表富贵，而深受人们的喜爱，当然味道自然不用说。此外，中国的茶文化也很重要。茶是中国人每天必备的饮品之一。中国人喝茶非常讲究，不仅讲究茶叶新鲜，对泡茶的水还有讲究，最好用泉水。不同的时节要喝不同的茶，比如夏天喝绿茶，冬天喝红茶，真是博大精深！

北京的天气也跟我们国家不一样。虽然都有四个季节，但我们国家冬天太冷，所以我更喜欢北京。蓝天，绿树，鲜花，和风温暖了我独自生活的灵魂。在北京的每一分每一秒都给我留下了美好的回忆，让我留下来并爱上这个城市。

现在北京的经济越来越好，每天都有来自世界各地的游客，这代表着强大的国力。尽管我不是中国人，这里也不是我的家乡，但我也感到自豪，因为我爱这个城市，被这里的一切所吸引。一想到我只了解中国文化的一小部分，还有那么多东西需要去了解和学习，我就感到兴奋。

夏天来了，到处都是绿色，到处都开满了美丽的鲜花。这一切都那么美好。一年的时间太短，我要暂时回国。一想到要离开我的学校，我的同学，我的老师，我就很难过。因为我在这儿有太多美好的回忆。

北京是我的第二故乡。尽管我很快就要回家。但我还会再回到北京来学习。是的，我必须来！这是我的梦想：我要再次来北京学习！我爱北京，真的！我相信，未来，我跟北京之间会有更多难忘的回忆。朋友们，如果你想了解北京，你可以问我。我会告诉你：北京欢迎你！

莲花，女，1995年生，北理工校际交流生（2017.9—2018.6）。

中国，不见不散

［韩国］梁殷起

亲，如果你听到“不见不散”这个词，有什么感想呢？恐怕一般人没有什么特别的感觉，但对我来说却有着一种神秘的力量。因为不管何时何地，“不见不散”总是让我想起北京。

我来自韩国，是个很普通的汉语交换生。一般来说，去国外交换相比在国内读书，更容易接触多样的文化，丰富自己的经历。比方说，除了提高语言能力以外，在外国住上一段时间能帮助培养自己的独立能力。所以我也决心去中国留学。那么我为什么选择北京呢？这里有三个理由。

首先，我与汉字。对学习中文的外国人来说，汉字称得上是陌生或者麻烦的东西，而我则不用面对这种尴尬。为了提高汉语表达能力及增加词汇量，我从初中起就开始学习汉字。在学习单词的过程中我对成语也产生了兴趣。我觉得成语故事不仅有意思，还都很有道理，比如，守株待兔、滥竽充数、亡羊补牢等。这一兴趣是我后来选择专业时考虑的主要原因。

其次，我与梦想。所有的人都在追随着自己的信念和梦想。我的梦想是在中国直接创业，或者在韩国找工作，然后与中国进行贸易。《孙子兵法》有一句话：“知己知彼，百战不殆。”意思是在比赛或竞争中，只有充分了解自己和对方才能打败对方。我认为对做生意的人来说，最重要的是充分了解市场的需求。北京是名副其实的生活节奏很快的大都市之一，因此会产生各种各样的需求，并且时时刻刻都在变化。为了及时把握住这些变化，我决定来北京生活。

最后，我与“不见不散”。上大学时，我参演过一部叫作《不见不散》的电影。这次经历给我留下了深刻的印象，因为通过表演我产生了学汉语的兴趣。先把剧本背熟练，然后像话剧演员一样自然地说出来，的确不是一件理所当然的事情。感谢我的老师每天帮我辅导发音和表演，我的表演能力慢慢提高了，还能在台上发挥演技。我扮演了男主人公，他是一个叫“刘元”的北京人。刘元的性格完全代表了北京人，他的言行举止潇洒而幽默，逗得观众一直发笑。这次表演是我学习汉语的转折点，随着演出的进行，我对北京的印象越来越好，这是我学汉语的“动力”。

“不见不散”本来的意思是双方约定一定要碰面，而电影里则添加了浪漫的成分。刘元千方百计骗李青出现，甚至用《寻人启事》找她，最后一句话就是“不见不散”。不管李青来不来，他都会在约定的地方等她，一直等她。因为刘元相信他们俩之间互有好感、互相信赖。单独定义“不见不散”的话，我觉得这个词表示对一些东西或人有无法解释的、特殊的、神秘的感情。

亲，现在你了解“不见不散”对我有什么样的力量了吧。虽然我学习结束后得离开中国，但是总有一天我会回来。所以，我可以自信地说：“中国，不见不散！”

梁殷起，男，1995年生，北理工校际交流生（2017.9—2018.6）。

Part Two
第二部分

北京市在京留学生“我与北京”征文参赛作品

一等奖作品

沙拉爱上了北京

[巴勒斯坦] 奥加

很高兴我能跟大家讲讲我在北京的留学生活。我是来自巴勒斯坦的留学生。我觉得自己真的很幸运！因为我能有机会来中国的首都北京上学。没来中国之前，我对中国不太了解，我从来没有想到中国那么好！尤其是北京，真的太好了，我很喜欢在这里生活。

我来北京快两年了，对北京已经很熟悉了。我越来越习惯北京的生活。我开始爱上了北京。

刚来北京的时候，我很想念我的家乡，因为我哪儿也没去过，什么都不知道。现在我改变了，因为我喜欢旅游，所以我去了很多美丽的地方。北京的郊区真的很漂亮，我每次去玩儿都拍很多好看的照片，把照片发到我的朋友圈。很多朋友给我点赞，我特别开心。

外国人都喜欢去北京的酒吧，因为我不喝酒，所以我很少去酒吧。我的中国朋友都喜欢去KTV玩儿，其实我也很喜欢去KTV唱歌，但是那里只有中文歌，还有英文歌，没有阿拉伯文的歌，太可惜了。我的中国朋友们唱歌特别好听，我很喜欢听他们唱歌。我会唱一首中文歌，名字叫《朋友》。他们也都会唱这首歌，我们经常一起唱。我觉得KTV是一个让人开心的地方，周末有时间朋友们可以在那儿见面，可以放松很多。

在北京你想去什么地方都特别方便，你可以坐地铁，如果你很着急，也可以打车。我觉得出租车有点儿贵，我喜欢用滴滴打车。但是有一个问题，有时我听不懂司机说的是什么，这真的很麻烦。滴滴打的车都是很好的车，很干净，很舒服，比出租车便宜很多。我经常告诉我的朋友们用滴滴打车，这样可以省很多钱。但是因为外国人的汉语有时不那么好，所以只能坐出租车，我觉得真可惜。

让我最高兴的是在北京用网络买东西，天啊，真的太方便了！因为我学会了在京东买东西，我不用给他们现金，快递员会给我送到我们学校的南门，他们来之前会给我打电话，我想买什么都能买到。我的很多东西都是在京东买的，比商店里的便宜，我的手机和电脑等贵重物品也都是从京东买的，质量很好，我现在打算用淘宝，但是我的朋友告诉我别用，他说如果你用了淘宝，你会一直买东西，然后你会花很多钱，我害怕了。但是我听说中国人都在淘宝买东西，比京东还便宜，我想试一试。

我在北京吃得也很好，开始我没办法习惯吃中国菜，我只能吃自己国家的菜，但是在北京我们国家的餐厅很少，只有五道口和三里屯有我想吃的菜。后来我的中国朋友请我吃了中国菜，比如火锅等，我去过海底捞吃火锅，你们一定也知道这个饭店，非常有名的饭店，我很喜欢。有时我也和我的朋友们一起做饭。我觉得自己做饭最好，很舒服，也很好吃，但是做饭要花很多时间，也很麻烦，我喜欢做鸡肉饭，我给我的中国朋友们做了几次，他们都很喜欢吃，说我是大厨，哈哈哈。

北京的天气也不错，但是我是一个很怕热的人，所以我受不了北京的夏天。夏天太热了，如果没有空调，我觉得我就要热死了。而且我看到很多女孩穿很短的裤子和裙子在外面走路，我在想她们怎么了，疯了吗？因为在我们国家没有这样的女孩穿这样的衣服在外面走路。但是现在我习惯了，因为这是中国，中国有中国的习惯，中国更开放。还有，中国的女孩很可爱，也很漂亮。我们国家的女孩要戴头巾，还要穿很长的衣服和裤子，她们也很温柔。

最近因为我吃得很多，胖了不少，需要减肥。我买了健身卡，我的朋友介绍我去一个健身的地方，那里还可以游泳。我觉得健康很重要，如果一个外国人在别的国家生病了，是一件很麻烦的事。我去过几次医院，我不太喜欢去医院，因为要等很长时间，一直排队，人太多了。所以最好别生病吧！因此我每天锻炼身体。

我的中国朋友们叫我沙拉，很多朋友都说，沙拉你的留学生活太丰富了。他们说对了，我喜欢学习，我也喜欢玩儿，我不想每天只学习，我觉得没意思，因为我是年轻人，我要享受我的青春生活。因为我交了很多中国朋友，所以现在我的汉语水平也提高了很多，我和中国朋友们经常开玩笑，我对他们说，必需的，必需的！我还总说："我说鸡蛋你说要，鸡蛋，要。"哈哈哈，他们每天都笑，说我很幽默。

总之，我爱我的生活，我爱北京。

本文荣获2016年在京外国留学生"我与北京"主题征文比赛一等奖。

奥加，男，1991年生，北理工材料科学与工程专业硕士（2014.9—2017.7）。

一等奖作品

北京

[古巴] 马丽姿

北京，一座因城墙、城门、街巷胡同、帝王将相、青灯古佛而享誉世界的城市，一座让你能够真切触摸到上千年历史文化的古都。北京伸出双臂将每一个人环绕在其中，让你感受到那仿佛只存在于书中或者幻想中的场景。北京是一座由圆拱、正方形、三角形和各种各样形状构成的城市，这些奇特的构造向人们诉说着北京的魅力、骄傲和自豪。北京是一座宁静的、有秩序的、充满团结友爱和责任感的城市，这些美德也是北京这座城市的精神支柱。但是我认为，北京之所以能成为北京，并不仅仅因为她是中国的首都，更是因为在这里你能看到非洲，能看到德国，能看到法国，看到印度尼西亚，看到墨西哥……世界各地的人来到这座城市，为这座城市带来属于自己的故事。让我们感到惊奇的是，如此之多的不同国籍、不同地区的人们来到北京，并在北京融合为一体，他们在这里成为你的伙伴，不，不仅仅是伙伴，还是你的兄弟姐妹，他们和你一起分享对这个国家的热爱，诚挚的热爱。这就是北京，一座让你感到温度的城市。

2016年9月13日，带着一些恐惧、好奇和不安，我来到了北京。我对中国的期待来自我看过的第一部中国电影，来自我学到的第一个武术动作，来自我模仿的第一个汉语发音，但是在这一天，这一切的未知都变成了现实。在来到北京之前，我对这座城市的认知只有两点：第一，这是一座现代化的大都市；第二，在这里我能看到著名的长城。是的，再没有第三点关于北京的认知了。当我从大洋彼岸的小岛古巴跨越千山万水来到北京之前，我并不了解外面的世界，更不了解北京这座城市。北京对我而言是一个完全陌生的概念。然而我做梦也没有想到，机遇敲响了我的门，把我的未来和中国紧密地联系在了一起。

我至今还记得我在北京乘坐的第一辆出租车，是从机场到学校。在经历了漫长的20多个小时的国际航班之后，坐在出租车上的我还是被这座城市的景象深深地震撼了。在出租车上，我几乎一秒钟都没有闭过眼，而是一直透过窗户观察着这座城市。直到那时我才明白，北京和我所生活的城市实在是太不一样了。我在北京看到了宽阔的大街，各式各样的汽车，耸入云霄的摩天大楼和川流不息的车流。这些车就好像水中的鱼儿，是的，唯一不同的就是这些鱼儿身上还有四个轮子。这次回忆对我而言仿佛就是一次前往未来的旅途。坐在我前面，那个热情健谈的出租车司机，正在欢迎我来到中国。一个小时之后，我终于到达了我即将生活的地方——北京理工大学。如何找到国际留学生公寓是我的第一个挑战，因为校园的规模之大简直不亚于一座城市。

我在北京理工大学上学的时候，每天上午一般都是学中文，有些日子下午有一些课外活动，比如学打太极拳之类的，但是对我而言，最让我感到快乐的是能够在校园里四处探索，到后来我对校园的每一寸土地都了如指掌。有些时候我喜欢躺在操场旁的草坪上，这时候我会觉得能够来中国读书是一件非常幸福的事情，这里的大学和我家乡的大学完全不同，北京理工大学的校园又大又漂亮，在这里生活就好像做梦一样。有些时候我也喜欢到校园之外，逛逛北京这座城市。北京又给了我完全不同的生活体验，在这里我坐地铁，吃麦当劳的汉堡——这些对我而言都是此前从未有过的新鲜体验。我在北京和警察、和卖菜小贩、和银行职员聊天，他们都和我在古巴的中国老师一样热情而亲切，带着这座城市特有的友好。

我在北京的第一次市内旅行，毫无疑问的，就是去我朝思暮想的长城。一开始我以为看到的风景会和在照片上差不多。但是当我真正身临其境的时候，那种感觉是无与伦比的。秋天的长城与北京的色调相仿，红色，金色，橙色触目可及。在这些颜色的映衬下，灰色的长城显得格外沧桑。我伸手抚摸墙砖，仿佛感受到了这座上千年古建筑中所蕴含的魅力。长城犹如一条蜿蜒的巨龙，从我脚下延伸向无尽的未知，直到永恒。随后我还有机会去了紫禁城。这次的紫禁城之旅多亏有几个中国的朋友带着我，他们给我讲了很多关于紫禁城的历史和故事。如果没有他们的话，我一定会在这座庞大的、各式各样建筑的宫殿群里迷路的。这次紫禁城之旅最让我们感到惊奇的是，我去的那天恰好游客不多，有些时候我们甚至发现只有我们几个人处在巨大的广场上，或者穿梭在宫殿之间的夹道里，这种感觉奇妙至极。紫禁城建于五百多年前的明朝，历经整个清朝的洗礼，它依然矗立在这里，成为历史的亲历者。穿过一道道的宫门，我仿佛也在亲历着一个个历史时刻。我在北京主要参观了关于中国传统文化的地方，因为这是我对中国文化最向往的一点，也是最令我兴奋和期待的探险。我拜访每一座古刹，登上佛塔，走访古宅大院，每一次这样的经历都让我对中国的历史有了更深刻的了解。

可惜，我的北京之旅即将进入尾声。在经历了这么多奇特的经历之后，我依然觉得自己能够来到北京简直是一件不可思议的事情。我对我的老师和同学致以诚挚的感谢，正是他们帮助我实现了我人生中如此奇妙的经历，当然，我也要感谢为我提供这次来中国学习机会的人们。

本文荣获2017年"爱上北京"在京外国人征文比赛一等奖，翻译稿由中国国际广播电台国际在线提供。

马丽姿，女，1997年生，北理工汉语进修生（2016.9—2017.7）。

一等奖作品

我与北京的美好

刚果［布］夏渔

如果你问，中国的首都是哪儿，人们都会说北京；如果你问，中国的文化古都呢？大家都会想到北京。说到中国发达的城市，人们会说是北京和上海；要问中国什么地方的语言很有特点，大多数人会提到北京话；说到中国最好的大学教育，大家一定会不约而同地想到北京。

世界各地的人都特别想来北京享受这一切，甚至不少中国人也非常想来北京。北京到底有什么让人觉得了不起的地方？那里的人又是如何享受生活呢？

当然大家都没想错。在北京的生活是一种享受，哪儿都有好听的音乐、好吃的东西、好看的电影、好玩儿的地方等。中国有一句话叫作“百闻不如一见”我非常认同这种观点。没来北京之前，我对它不太了解，我没想到北京这么好。现在我在中国果然真的享受到了北京的生活，真是高兴极了。

我之所以喜欢北京，是因为北京的城市建设很了不起，放眼望去哪儿都是高楼林立。这些高楼大多都在二三十层以上，楼梯外部大多都是透亮的玻璃，由于都特别高，所以也看不出来哪一座特别突出，从远处看，真的好像密密的森林。我还记得我们降落的时候，我透过机窗一眼看到这般景象时，就吃惊地不要不要的。

我之所以喜欢北京，是因为北京的环境挺干净的，随时随地你都可以看见街上有人时不时地扫街，清洁车也时不时地洒水，放眼望去哪儿都有垃圾桶。

除此之外，北京的公共交通十分方便，有高铁、地铁、公交车、的士等出行方式。你可以在任何地方坐公交车，到哪儿都不用担心，还有可以骑的共享单车。

我酷爱北京人，因为他们很热情，很有礼貌，而且很有教养又乐意帮助别人，尤其是外国人。譬如买东西时、出去玩儿时、迷路时、过马路时、吃饭时……而且他们说话很有特点、很客气和有礼貌。

北京的四季都好极了。冬天比较好，虽然大家都会觉得很冷，但是地上挺干净的，到处都是白雪，可以看到小孩子一边玩儿，一边感受白雪的味道。我度过我的第一个冬天的时候，也感觉到这种味道，很高兴，高兴得常常以为世界上只有我一个人。

我爱北京，不仅是因为我在享受北京的生活，更是因为北京是一个充满了人情味儿地方。还记得，寒假春节期间，当全中国人民都在欢欢喜喜过年的时候，其实是我们留学生最想哭的时候。因为北京变成空城，学校食堂、市场、办公室都关门了，我出了门冷，回宿舍更冷，是心里冷。因为我特别想家。但是，就在这个时候，北京的一个中国朋友跟我分享春节的味道。他们全家都非常欢迎我去他们家过年。当时我真的没有想到，他们准备了那么一大桌饭菜等着我，我希望你们能想象出，我当时的感动。那种感觉，很放松，就像回到妈妈的怀抱。

我在北京的生活好极了，就是空气不好。因为城市被雾霾笼罩，我出去玩儿时需要戴口罩，要不然会觉得不舒服。出于对身体的考虑，不少人离不开口罩。

再多的话也不能表达我对北京的美好感受。我在北京学习生活快要一年了，我已经习惯了这里的生活，而且适应了周围的环境。虽然空气有时候有点糟，但我的生活充满了丰富的色彩，而且我觉得有意思。

本文荣获2017年"爱上北京"在京外国人征文比赛二等奖。

夏渔，男，1992年生，北理工汉语国际教育专业硕士（2017.9—2019.7）。

二等奖作品

我眼中的中国

[阿尔及利亚] 拉奥迪

众所周知，中国人口众多、幅员辽阔、历史悠久。所以，在这里的一切都那么伟大而神秘。当你在这个国度生活游览，一定会有难忘的经历，一定会被她的伟大震撼。作为一个北京的留学生，我根据自身体验发现了一个公式，让我们跟随下面的公式看看中国的生活吧：

新体验=D*花费的时间

我的公式可能并没有理论依据，但却是我对自身经历的简单心得：一种新的体验是时间与差异的叠加。其中时间是指新体验所花费的时间，差异是指文化、环境等各方面的差异。在数学中，我们把这个方程称为线性增长函数，与因人而异的差异D相关，即文化差异越大，能获得的新体验越多。

作为一名来自阿尔及利亚的学生，文化差异确实就像我们两个国家间的直线距离一样大。距我第一次来中国已经两年了。两年间，我在北京学到了很多新的知识和经验。我曾认为，我们来自完全不同的世界，我们的生活习惯有着如此大的差异（文化、观念、饮食……甚至天气）。以下这些方面让我感受尤为强烈：

关于名字

在得知我的中文名字是“拉奥迪”之前，虽然我知道他们会给我个新名字，但那时我对北京的幽默感和想象力一无所知。据我观察，中国人喜欢把拥有财富和权力的愿望放在他们各种各样的有创造力的名字里。

当我的中国朋友听到我的名字时，带着难以形容的神秘微笑，我也不知道该不该高兴。但我不得不承认，有时候我会安慰自己“别紧张，你很贵”，还有点小骄傲，这让我觉得我正在成为一个真正的中国人，这样想我的心情就恢复了。哈哈哈。

顺便说一句，我觉得有时候我很难记住朋友的名字，除了特别好的朋友，朋友们的名字都很相似。不过，在北京有新名字，我的名字有点搞笑还让人过目不忘，这是我的优势之一。

关于委婉表达

虽然我知道每个人都拥有有趣的灵魂，但当我作为外国人和他们交谈时，我总是感到困惑。

中国人对同一个意思有着很多词汇选择，还有大量的成语、谚语和习语。在过去，他们打招呼的方式是：你吃了吗？一开始我并不知道怎么回答，后来我发现回答类似问题的关键在于和对方沟通。中国人总是喜欢采取委婉的表达方式，不能因此说他们不真诚。沟通过后，你会发现他们的话中，恨其实是爱，坏其实是好。

有时候也会有一些非常搞笑的时刻，他们不能理解我的话，我也不明白他们的话是什么意思。这时候就有点尴尬了，但机智的我手脚并用，用一切肢体语言表达了我的意思。我们这些不是汉语专业的外国人，只能通过其他更有创造力的方式表达自己，以达到有效交际的目的。

汉语与很多语言的语序不同，一开始很难掌握这门语言。我的个人建议是，可以先从玩扑克牌“争上游”和“拱猪”之类的游戏开始学习这门语言。

关于饮食

来中国之前，我真不敢相信有这么多东西可以吃。“民以食为天”，这句话正展示了中国人对美食的无限追求和创造。在餐厅里游走，探寻那些或熟悉，或陌生，或完全不知所谓的菜品，在能吃和不能吃的边缘试探，真是太刺激了！

众所周知，中国是世界上饮食最健康的国家之一。虽然有的菜太咸太辣，但整体上油和肉吃的比较少。不过我也有一件不能理解的事：既然中国人能把一切食材做成美味可口的佳肴，为什么还会有臭豆腐和酸菜这样的存在？

不过，说起北京的特色，烤鸭绝对是一绝，百吃不厌，不容错过。

关于金钱观

我们都知道，中国人特别勤劳。他们从小到大，从早到晚，从公司到家，每天都在为了赚钱而辛勤工作。赚钱这个目标太抽象，为了赚钱，人们花费了太多的时间和精力，进而忽视了灵魂，丢失了诗和远方。

当你质疑这一点时，有的人会直接反问：理想值多少钱？一切似乎都可以用金钱来衡量：房子、车、未来，甚至北京的生活。我知道我无权评判，每件事情都有其存在的道理，只是看到他们行色匆匆的身影，我却必须停下来，思考这个问题。

关于热情

刚开始，我在街上遇见很多漂亮姑娘，她们给人的感觉很高冷。后来，时间证明我错了。当我有事求助于她们或者和她们成为朋友后，就打开了她们的心门，感受到她们内心的善意和热情。而我认为，她们这种表现与其称之为害羞，不如称之为谨慎。事实上，中国人在不同情况下总能随机应变。

你也无法想象，受过良好教育的两个女人，长大后会在菜市场因为打折菜打起来。老了以后，一群大妈相约在广场上跳舞，之后，广场舞还变成了国际潮流。所以，永远不要低估中国力量。

关于规则

我听说有些外国人对中国人印象不好，因为中国人在国外旅游素质不太高。事实上，我发现中国人有数不清的美德，正是因为这些美德，他们与人为善，社会和谐，相亲相爱。与一些自认为是“世界警察”的国家不同，中国有着最悠久的历史与文化，社会基础不一样，因此中国人对待规则有着有趣的态度

与规则不同，他们有一套自己的行事准则。他们会根据自己的需要，采取事半功倍的方法，因时制宜，因地制宜，效率高、成本低、危险性还小。一切取决于他们自己的判断，正如他们能在任何地方，抓住任何机会去赚钱，非常灵活。

我想说，虽然很多中国人没有宗教信仰，但这并不会影响他们生活中的仪式感。他们也会祈福、避祸和尊老爱幼。这也进一步印证了中国人对生命有极大热情，对生活充满想象力，对利益不断追求的性格特点。

关于节日

我对北京喧闹的庆典爱恨交加，因为在别的地方永远不可能找到这么多人来一起热闹，虽然很吵，可大家在一起还是很开心。

表面上看，你可能觉得北京人比较低调，不愿意在人前暴露自己，可一旦有欢庆的机会，他们就不再压抑自己的天性，尽情地在拥挤的人潮里释放自己的激情。

最后，真的有太多感触，我只能说感谢差异，让我体会到了这让人意犹未尽的北京风味。

本文荣获2017年“爱上北京”在京外国人征文比赛二等奖，原文为英文，中文由翟文廷、高林译。

拉奥迪，男，1990年生，北理工通信与信息系统专业博士（2015.3—2018.11）。

三等奖作品

北京的爱

［哈萨克斯坦］迪达尔

我在北京理工大学读博士，大家都说汉语很难，读博士更难，都羡慕我在北京学习。可是今天我讲的内容跟学习无关，而是跟爱情有关。

我第一次来北京的时候，别说朋友，就连一个认识的人都没有。我来北京理工大学以后认识了老师们同学们。慢慢地，我认识的人多了起来。可我还是觉得认识的人不够。

我的同屋是一个特别热情的人，我的同学们来自各个国家，每个人都有自己的特色。我很愉快地过了一个学期。到了寒假的时候，大部分同学都回国了，我待在北京想看中国人怎么过春节。那时候我开始觉得孤独。

寒假的一天，留学生中心安排同学们去电视台看节目。我高高兴兴地上了学校的大巴。因为是寒假，学生不多，大巴一半的座位是空的。忽然大巴里进来了一个男孩，开始选座位，有很多空的座位，可是他看着我问：“你旁边的座位有人吗？”我说：“没有。”他又问："我可以坐吗？"我真的很想笑，他的眼睛怎么了？没看到有很多空的座位吗？怎么就看到我旁边的了呢？可是我还是礼貌地回答："可以。"我们就这样认识了。他是一个阿拉伯男孩，他叫易木然。他说："你这么小，是不是本科生？"我回答："本科？我是博士生！"他怪怪地看着我说："不相信。我快有白头发才读硕士。"我们俩认识才一天就像老朋友一样一直哈哈大笑。回家后我们用微信聊。不久后他去大连旅游了。我开始想他，睡觉时梦到他，起床时也想他。我同屋说你怎么了？生病了吗？怎么这么不愉快？

有一天，有人敲门，我去开门，看到了易木然。他拿着两枝玫瑰花还有一盒巧克力。我问他："为什么只有两枝啊？"他回答："你是我的花。本来想送你一枝，可是我想陪着你，所以带来了两枝。去大连以后我就知道了我已经深深地爱上你了。咱们吃巧克力吧！"他说完这句话我心里乐开了花。以后每天晚上我们俩都去逛北京，我才发现北京这么美！空气中都好像有甜美的爱情。吃东西有爱情的味道，看周围都是爱情，奶奶跳舞爷爷等着她，老人也这么浪漫！小伙子骑自行车，后座上一个女孩儿抱着他。这是年轻人的爱情！爱情！爱情！周围充满了爱情！

暑假我回国了。妈妈问我："怎么不吃饭？习惯吃中国菜了，不想吃我做的菜吗？"我说："我爱上了一个人！"妈妈笑着说："哎哟……爱上了谁啊？"我回答："一位阿拉伯帅哥。"她开玩笑地对我说："我的宝贝女儿长大了，开始谈恋爱了！"我们俩忍不住笑了起来。

我回北京以后就和易木然去了天安门。在天安门他向我求婚了。我呢？幸福来得太突然了。戒指那么美，我很激动也很感动。大家都期待地看着我。我答应了他的求婚，后来我们去北京市的公证处领了结婚证，春节办了婚礼！我们幸福地走到了一起！

北京，我的第二故乡。是这里让我收获了甜蜜的爱情。

我爱北京！！！

本文荣获2016年在京外国留学生"我与北京"主题征文比赛三等奖。

迪达尔，女，1990年生，北理工数学专业博士（2013.9—2018.7）。

三等奖作品

青春因北京而更精彩

[德国]康仕第

青春时的经历是人们生活中最重要的经历。因为我们年轻，前方还有很长的路要走。青春的经历会深深地影响我们未来的生活。另外，人在青春时期比较容易适应新环境，我们学习的速度比较快。我们年轻时对新的环境非常感兴趣，想知道异国的地域和文化是什么样的。

选择来中国留学对西方人来说是一个巨大的挑战，而这种挑战也会让你获得特别的经历。为了让我的青春更美好，更精彩，我来到了中国的首都北京。

来到北京，中国人给我的第一印象就是他们友善的性格。来中国之前我在德国结交了一个中国朋友，在德国时我常带他去爬山，踢足球，聚会。他一听到我要来中国留学，就开始为我的到来做准备。在中国的头十天，由于还没开学，宿舍还不能入住，所以我一到北京，他的姐姐和朋友就来机场把我接到了他们家。就这样，我跟他们一起住了十天。他们请我吃饭，带我参观北京最值得看的地方，帮我学习汉语。即使他们上班时也不会把我一个人留在家里，而是叫别的朋友来陪我。他们对我那么好，真的让我很感动。

北京有来自世界各地的外国人，外国人在这里可以享受很多福利和优惠。北京理工大学给留学生提供了丰富的活动，我有机会参加学校的运动会，在语言比赛中与其他同学竞争，学校还组织我们参观北京的公园、长城和故宫等。此外，中国政府也有很多对外国人很友好的政策，例如我们有机会申请的中国政府奖学金。

在北京学习汉语是一种非常有趣的经历。欧洲的语言与汉语完全不一样。中文比较丰富，有成语、比喻、俗语等，它们不但能帮助我表达新的想法，还让我大开眼界。明白成语的意思需要知道很多词，需要明白中文的逻辑，而培养逻辑思维就是学习中文的一大优点。刚开始学汉语的时候，感觉汉字之间没什么有联系的部分，但是学习时间越长，越明白构建汉字的共同基础。所以，学习汉语为我在北京的生活增添了更多快乐和成就感。

来北京后，我也重新认识了我自己的国家。过去23年我几乎都在德国度过，对德国并没有客观的认识，当然，现在也谈不上客观，因为人们对自己的国家从来无法做到完全客观。但至少我现在的观点比以前客观一些。我现在才明白，德国虽然小但很有名，在很多方面是别的国家的榜样，包括中国法律的很多内容也是从德国的法律来的。很多人喜欢德国，因为产品质量好。我真的没想到德国的信誉这么好。换个角度，我更好地认识了自己的国家。

总之，在北京的留学生活让我的青春更加精彩，我很庆幸自己在2015年决定来这里。我希望更多的同龄人有机会像我一样，来体验一下在异国五彩缤纷的生活。

本文荣获2016年在京外国留学生“我与北京”主题征文比赛三等奖。

康仕第，男，1992年生，北理工校际交流生（2015.9—2016.1）。

三等奖作品

别叫我『老外』，我们共同爱

[沙特阿拉伯] 明旭

刚来北京的时候，经常听到北京人叫我“老外”，出租车司机叫我“老外”，公园里锻炼的大爷大妈见到我，也会说：“嘿，那个老外还挺帅！”就连去星巴克喝杯咖啡，服务员在杯子上写的都是“Mr.外”，为什么叫我“老外”呢？“老外”又是什么意思呢？这让刚到中国的我十分好奇。

后来听老师说，这是中国人对外国人的俗称，没有别的意思。可是我还是不太喜欢这个称呼，因为“内外有别”嘛！来到北京我们就是一家人了，我不太想当一个外人。

我来北京已经一年了，我越来越享受在北京的生活：周末时骑着共享单车来一场说走就走的旅行；去菜市场买菜和大妈们唠唠家常；过节的时候用微信抢红包；傍晚时加入广场舞大军，和大爷大妈一起跳舞。现在的北京已经是我的第二个家。

但是让我印象最深的就是2017年11月的那天，我和同学一同前往良乡民仁农民工子弟小学进行参观。那里的条件有些落后，没有高楼，没有绿茵，没有现代化教学的气息。但那里有一群可爱的孩子，他们拥有一张张纯真而又充满朝气的笑脸。他们的父母为我们带来了便利的工作环境，带来了繁华昌盛的现代化都市，但他们的孩子却需要更好的教育资源。我作为一个高校大学生，作为一名志愿者，理应给予这群孩子更多的关注，更多的关爱。看到与我一起有那么多志愿者来帮助他们，我相信，孩子们的教育环境会越来越好！

那天，我们带去了一些篮球、足球，还有各种各样的糖果，大家分工合作，我负责一班，主要教孩子们简单的英文，让孩子跟我们一起说英文，学得好的同学会奖励他们一个可爱的糖果。孩子们学得非常认真，从他们友善的眼神中，我能感受到他们对知识的渴望，对未来生活单纯美好的向往。他们学得那么认真，让我这个临时英语老师很有成就感。学习结束时，几乎每个孩子都得到了我们的糖果。

孩子们把他们的画送给我，让我惊讶又感动。有的人画自己和爸爸妈妈手牵手，有的人画一栋大房子。这些画透出了这些幼小的心灵对美好生活的向往，对爸爸妈妈多陪陪他们的祈求。

最后离开的时候，孩子们问我什么时候再来，我的内心受到非常大的触动。虽然我们拥有不同的国籍、不同的肤色、不同的语言，但是我们却一样深深地爱着这个城市，爱着这个国家。也许我无法给孩子们的生活带来改变，但我们会尽最大的努力为他们带来生活中的一些快乐，哪怕只是暂时的。我能够幸运地来到这个世界，除了接受之外更应该懂得感恩，给别人一点帮助。

对于像我这样的留学生来说，能够参加中国志愿者活动真是一次难忘的体验。我似乎也对北京这个城市，对中国有了更加深刻的认识，更加浓厚的情感。

本文荣获2018年来华留学生“我与北京”主题征文比赛三等奖。

明旭，男，1996年生，北理工2017级工业工程专业本科生。

三等奖作品

中国——我的最佳选择

［蒙古］阿荣娜

这世界上有超过七十亿人，我和你都是其中之一。我们无法选择自己的出身和国家，但可以选择未来成为什么样的人。我已经开始创造我的未来，尝试找到新的东西，认识和了解美妙事物的本质。现在我住在北京，这是我的选择。这个选择给了我很多机会。

在自己国家学习和在中国学习，这两者之间有很大变化。如何对待积极和消极的变化，不同人有不同的选择。我的态度是不管什么东西都接受积极的一方面，这让我可以适应新的环境并从中学习一些新知识。在学习的同时，我也认识了其他留学生和中国学生。他们的思想和梦想都不一样，所以我想多了解他们的人生目的和内心世界。

刚来北京的时候我什么都不知道，唯一清楚的就是好好学中文。我那时候认识的汉字大概只有五十个，而且不会说句子，只会写自己的名字。但一个月以后就慢慢习惯了。我相信努力就一定能得到好的结果，看到了自己的进步之后感觉想更努力。我还认识了一个中国的学生，跟她一起玩，一起旅行。这对我的汉语有很大的帮助。我喜欢旅游，了解有兴趣的东西。我有时间或者假期的时候会在北京或附近的地方玩，每个地方都有自己的历史和独特的环境。学习固然是重要的，但如果有其他爱好，就应该分点时间给它们，这样生活才有意思。

我人生中的一部分是在北京度过的，我感谢这段时间，也期待着接下来在北京的日子。这期间，我的想法有了很大的变化。在北京，人们的生活节奏很快，每天都很忙碌，这大概是因为竞争很激烈吧，人们为了生存而努力着。竞争是每个地方都有的，但北京的人太多，竞争就更激烈了，为了赢得竞争，人需要学习更多的东西，比如历史、教育等各个方面。我比较了解学校教育，我的一些正在上学的中国朋友会告诉我他们是怎么学习和生活的。在这方面他们给了我很大的帮助。如果要细说的话，那么就很多了。我认识的大部分学生都很有能力，我也想和他们一样优秀。我来北京以后明白了很多事情，比如说如果你下定决心要做某件事，就不要怕有竞争。

学习一门新的语言后，会拥有不同的思维方式。来自不同国家的学生，思考方式都不同，所以跟他们聊天的时候会学到新的角度、新的想法。无论何时何地，只要想学，就都能学。最重要的是开始，努力往往可以带来机会。我们不可能什么都会，但是我们有学习的能力，机会也就会随之而来。学习新的语言和住在新的地方会给你新的生活，带来新的观念和美好的时光。

本文荣获2018年来华留学生“我与北京”主题征文比赛三等奖。

阿荣娜，女，1997年生，北理工2017级工商管理专业本科生。

那一年，那座城，那些人——记我在北京遇到的你们

［韩国］李闻庆

有人说北京是一座悠久的城市，也有人说北京是中国的政治和文化中心，然而，对我来说，北京是一座温暖的城，一个让我慢慢成长的地方。

我在韩国时没有外国朋友，跟陌生人也不怎么说话，更没有一起生活过。我从来没离开过家，没有在别的城市、国家生活过，我的脑海里从来没有过离愁的概念。但是作为交换生来到北京以后，我的人生有了很大的转变，我开始交中国朋友，跟陌生人聊天儿，甚至是跟陌生人一起生活，慢慢地发现这样的生活充满了乐趣。也许这就是所谓的“因为一座城，爱上一些人”吧。

我的第一个中国朋友是北京外国语大学韩文系的学生。我永远都不会忘记我们第一次见面的情景。为了交中国朋友，我怀着试试看的心态去北外（我们的隔壁）张贴了一张名为《找朋友》的广告，上面写着我的兴趣爱好。让我意外的是，后来真的有一个人给我发了微信。我迫不及待地想跟她赶快见面，于是就决定一起吃饭。

约定的日子到了，我们在学校附近见了面，当时我一眼就认出她来了，因为她比我高、有大大的眼睛和长长的头发。她还给我准备了一个小小的礼物——一个很可爱的发夹，我做梦也没想到她会为我准备礼物，我很感动，同时也觉得有些尴尬，因为我没给她准备礼物。她挽住我的胳膊一起走，我有点儿吓到，但是却不尴尬，因为她的毫不犹豫让我感到很开心。其实韩国人一般只跟熟悉的朋友挽着手，而且很难主动去跟第一次见面的人亲近。我跟她一见如故，多亏了她积极友善的态度，让我们彼此没有距离感。之后我们一周见一次面，甚至我寒假回国的时候，我们也用视频电话继续保持着联系，直到现在，我们仍然一起学习。

第一个跟我对话的陌生人是宿舍旁边水果店的老板娘。老板娘是一个孕妇，人很热情，常常告诉客人今天哪些水果打折，哪些水果新鲜，所以我常去那儿买青提。有一天，我又去买青提。当我正在四处搜寻时，老板娘说：“青提美女，来来，青提在这儿啊。”我吃惊地问：“你怎么知道我想买青提？”她说：“因为你几乎每天都来这儿买青提嘛。”那天以后，我们的关系亲近了许多。

每次去水果店我们都会聊会儿天，聊日常的生活，比如说她的孩子和怀孕的状态，我的生活和家人等各种话题。所以跟她聊天也成了我愉快的中国生活中的一个部分。认识她以后，我变了，开始主动跟一些不是很亲近的人交流，比如跟不太熟悉的隔壁同学一起聊天、跟打扫宿舍的阿姨打招呼、跟超市的老板聊今天的天气等，我的生活也变得越来越丰富。

我的第一个室友来自台湾。其实我以前没有跟别人一起住过，我总觉得跟别人一起住会不太舒服，毕竟生活习惯不同，更何况是跟外国人一起住。我有点儿担心，“如果我的性格和他们的性格不一样怎么办，如果我跟她们吵架怎么办”。但是事实证明我的担心是多余的，她们很热心，而且对韩国很感兴趣。跟她们第一次见面时的场面虽然有点儿尴尬，但随着时间的推移，我们的关系越来越好，我们分享美食、一起吃饭、一起出去玩儿，甚至在难过的时候互相安慰对方。当室友发现我对学习汉语产生自卑感、心里难过时，她们认真倾听我的苦恼，安慰我说“不要难过，我们都在你的身边”“努力一定会有收获，相信自己”。在她们的鼓励下，我没有放弃学习，继续努力。通过每天跟她们一起生活，我才体会到了跟别人一起生活是一件非常美好的事情。

身边的人教会我很多道理，我在异国他乡慢慢地成长着。6月底我就要回韩国了，跟在中国认识的所有人告别，短暂的离别是为了重逢，而有时候却是不得不长久地离别。我想我会想念这些人，想念这座城。

本文荣获2018年来华留学生“我与北京”主题征文比赛三等奖。

李闻庆，女，1997年生，北理工校际交流生（2017.9—2018.6）。

三等奖作品

终生难忘的北京生活

［越南］胡德越

一千个人眼中有一千个北京，我相信，我眼中的北京也跟别人不太一样，但是一定一样美。

有人说，"咱们花4年初中时间才能忘记5年小学生活，花3年高中时间才能忘记4年初中，花4年大学时间才能忘记3年高中，花一辈子时间才能忘记4年大学。"但是，我要加一句，这辈子，如果在外国留学过，你不会忘记，尤其是在中国，在北京留学。

怎么能忘记帮助过我们的各位老师？怎么能忘记来自五洲四海的朋友？怎么能忘记一个美丽繁华的城市？怎么能忘记北京丰富的小吃？怎么能忘记美味的煎饼、红红的糖葫芦？怎么能忘记曲折的北京老胡同、温馨的四合院？怎么能忘记巍峨的故宫、雄伟的长城？怎么能忘记雍和宫内虔诚拜佛的人们？怎么能忘记神秘清幽的明十三陵？怎么能忘记听过的老北平保家卫国的动人故事？

说了这么多北京有名的古迹、特色，不是说现在的北京跟几百年前一样沉默秀丽，如今的北京其实很发达，留学生学习工作的机会也很多。因为北京是世界最大的城市之一，有高楼大厦，地铁轻轨，做什么、去哪儿都很方便。北京的每块地、每棵树都让我着迷。

虽然在北京的留学时间有限，但我早已深深地爱上了这个地方，爱上每节课都用心教导我们的老师，爱上了热心互助的朋友。对一个外国留学生来说，来到一个陌生的城市显然会遇到各种各样的困难。这时的我们会无比渴望他们的帮助。还记得前年我的汉语水平还不高，听力有很大的问题，特别是下课后去外面买东西时很难听懂售货员说话，因为他们有口音。我把我的困难告诉老师，老师安慰了我，鼓励我不要害怕，要多听多说多交流。慢慢地，我在生活中用汉语交流越来越得心应手了。

现在我的汉语水平有了很大的提高，很多朋友都说我是个“中国通”，不仅了解中国文化还知道什么地方好玩儿什么地方有特色……听到别人这么说我知道他们是过奖了，但是我也很开心。不是因为我就这样满足了，而是我知道我在北京留学没有浪费时间，我正在一步步靠近自己的目标。

留学时光飞逝，我会好好珍惜，珍惜每一节收获知识的课堂， 珍惜每一件做的事情，享受每一顿美食，欣赏每一处美景……

我会用心过好在北京的每一天，让在这儿的每一天都成为终生难忘的回忆。

本文荣获2017年“爱上北京”在京外国人征文比赛三等奖。

胡德越，男，1993年生，北理工国际法学专业硕士（2016.9—2018.7）。

优秀奖作品

我的青春与中国

[南非] 孟天宇

在你的眼里，青春是什么？如果你到了别的国家，你的青春又是什么模样？很多人沉默了，你在思考？在憧憬？还是在回味？今天我跟大家讲一下，我的青春与中国。

青春就像一杯茶，苦涩中带着清甜。我来中国快两年了，刚开始遇到过很多困难。学姐学长们总是说："中文太难了，搞不定的""全球第一难的语言，你真的觉得能学好它吗？"。这些话让很多新同学望而却步，可我不相信，回宿舍后我立刻上网搜"世界上最难的语言到底是什么"，果然，中文不是第一名，就是前三名。可我同时也在网上认识了很多汉语不错的外国人。他们可以，我为什么不行呢？于是我决定挑战自己，这才有了现在的我，才有机会站在这个舞台上。

青春就像一本书，有读不完的故事和哲理。来中国后，我越来越独立，也学会了入乡随俗，养成了一些中国人的生活习惯，比如，天天喝热水、喝茶、按时睡觉等。慢慢地，我发现我不像以前那样经常头疼，体重也减了很多，整个人每天都更精神了。我喜欢上了京剧，我开始练毛笔字。这些中国文化都深深吸引着我。爱旅游的我一来中国就告诉自己，中国那么大，我想去看看。于是，长城、故宫、兵马俑……很多地方都有了我的足迹。在这里，我捧着青春这本书，如痴如醉，如饥似渴。

青春就像一首歌。拨动着我们年轻的心弦。在中国，我收获了最难忘的友情。她，是一个中国姑娘，我从她身上学到了很多关于中国的知识。当我需要有人陪我聊天、需要鼓励、需要帮助时，她都在，她甚至会在听到我生病的第一时间，就立刻飞来北京看我。我觉得自己很幸运，如果不是来中国留学，我不可能认识她。是她，让我在中国有了归属感；是她，温暖了我在中国的生活。

青春就像大步向前的脚印，上面刻着对未来的美好憧憬。在中国，我度过了愉快的青春时光。我会继续享受在这里的每一天，这段经历将是我这一生的财富!

本文荣获2016年在京外国留学生“我与北京”征文比赛优秀奖。

孟天宇，男，1995年生，北理工电气工程与自动化专业本科生（2015.9—2019.7）。

我在北京的留学生活

［韩国］南基景

说起我和中国的联系，那一定要说说汉语，我是个汉语迷，汉语在我心里就像通往神秘中国的桥梁。经常有人问我：你的口语怎么学得那么好哇？有什么窍门吗？我要告诉他：别的方法我不知道，但是我有一个窍门——侃大山。也许你没听说过这个词：什么叫“侃大山”？其实，说起来很简单，“侃大山”就是聊天。

可能你又会问，侃大山？跟谁侃呐？我现在身在北京，当然是跟周围的中国人呗！可是他们每天都很忙啊。你看，学校里有这么多大学生，每天那么早就起来，甚至冬天的时候，天不亮就吃完早饭了。他们背着书包去教室、去图书馆、去食堂，而且不到天黑绝不回宿舍，你会觉得，他们哪里有时间跟你聊天啊？如果你们这么想，那你们都错了。他们不会介意自己忙，反而很愿意跟大家聊天，而且特别喜欢和我们这样的“老外”聊天。

我想大家大概也有过这样的经历吧：当你在街上买东西的时候，当你坐公共汽车、地铁的时候，当你在饭馆吃饭的时候，当你坐火车旅行的时候，想必总是有人在你的身边，问你这样一些问题：“你会说中文吗？”“你真厉害”“你喜欢中国菜吗？”面对这些问题，我总是说“哪里，哪里”“除了臭豆腐和香菜别的都能吃。”这样回答总是能让那些中国人哈哈大笑。而且当我有了不少中国朋友后，我才发现中国人其实很谦虚。虽然什么都能干，但是不愿意在别人面前表现自己。

每到周末，我就喜欢和中国朋友一起吃烤串儿、喝啤酒，边喝边聊，天南海北，想聊什么就聊什么。但有一个让我既感动又不能理解的地方是：有的朋友花一两个钟头跟我聊天以后，才在夜里开车回去做他们该做的事情。后来我才明白，侃大山也是一种交流，一种文化与精神上的交流，可以从中学到很多在课堂上学不到的东西。从这种意义上来说，花一些时间来侃大山是很有意义的。

有时候，当你用汉语和别人聊天的时候，听不懂对方说的是什么，你当然会问：“什么意思？” 大家都和我一样吧？可是慢慢地我发现，“意思”在汉语中和不同的词语搭配时常常表达不同的意思，而且都是我们想不到的意思。

比如，在人很多的地方，有人要从你的身边挤过去的时候，他们会说：“不好意思！”刚开始我很纳闷儿，“不好意思”不是“害羞”的意思吗？这有什么好害羞的？难道因为她是女的我是男的？后来我才明白，这里的“不好意思”，原来是向别人表示抱歉的意思。

再比如，中国人在看到喜欢的东西或者事情的时候，会说“有意思”。有一次，我给老师看了我写的关于在中国旅游经历的作文，老师一边看一边点头说：“不错不错，很有意思！”有时候我的中国朋友看了一场他不喜欢的电影，他就会说：“我劝你还是别去看了！没意思！”

还有，中国人在需要给别人礼物的时候，也常常会说：“大家都送了，我也得意思一下吧。”这里的“意思”是“表示”的意思。如果当面送别人礼物，不管礼物是否贵重，人们也会说：“小意思，不成敬意。”这里的

“意思”是礼物很轻，只是表示一点心意的意思。

更有意思的是，如果一个人帮朋友做了些事情，朋友为了表示感谢心意会说：“真够意思！”刚开始的时候我真的不知道这个“够意思”到底是什么意思。后来朋友告诉我，这是在夸他是一个真正的朋友。所以，要是朋友问你借钱，你不借给他，他可能会失望地对你说：“真不够意思！”

听了我的这些经历，你们是不是也知道了很多东西？其实每个人都有适合自己的学习方法，只要大家能够坚持，就一定会有所收获。

本文荣获2016年在京外国留学生“我与北京”主题征文比赛优秀奖。

南基景，男，1992年生，北理工校际交流生（2016.3—2016.7）；北理工理论经济学专业硕士（2017.9—2019.7）。

优秀奖作品

我的乐园

［柬埔寨］罗达利

我是一名柬埔寨留学生。随着中国经济的日益发展，柬埔寨和中国的合作项目越来越多，越来越多的柬埔寨学生开始对汉语产生了兴趣。

从2008年北京举办奥运会的那年开始，我就不由地喜欢上了中国，在一次跟父母的谈话中，我毫不犹豫地跟父母说：“我要学习汉语。”父母同意了我的请求，可是事与愿违，我竟没有一点额外的时间来学习汉语，整个上午的柬埔寨语必修课，整个下午的补习班，都让我忙得团团转。

高中毕业了，新的生活即将来临。虽然上高中时我无法学习汉语，可是现在这个机会终于来了，为此我要好好珍惜 。

我在大学攻读的专业是经贸汉语，学了一年后我申请并通过了一个来华交换生项目，并于2013年9月只身飞到了让我朝思暮想的北京。

中国历史悠久，文化灿烂，北京更是六朝古都，北京以其古老辉煌的文明和不断创新的现代科技享誉海外，中国人心向往之，我们这些留学生更是陶醉其中。我在这里每天都很充实、快乐。

转眼间三年过去了，我该毕业了，但是我却舍不得离开北京——这个理想的乐园。为了留在北京，我通过努力学习争取到了中国政府奖学金，我可以继续在北理工攻读硕士了。我的梦想开花了！

除了北京，我还去过中国的其他地方。走了那么多地方，我真实感受到了中国近几年取得的进步和成就。比如叫车软件、共享单车、共享雨伞，这些新事物让每个人既方便又省钱。比如打车软件，不管我们在哪里，他们都可以通过定位系统快速找到我们，而且价格也比出租车便宜。共享单车和雨伞我们不用花大笔钱购买，也不怕别人偷，我们只需支付一块钱就可以随时随地使用。现在买东西不需要带现金和银行卡了，随时随地用手机就可以支付。而且网购的时候经常有领券的活动，我们可以买到更多价廉物美的东西了。另外在中国购物的速度更是让人吃惊，当天下订单当天就能到。还有，中国在建设方面的速度特别快，高铁延伸到很多偏远地方，节省了很多时间。

总之，我很享受在中国的生活。中国已经成了我的第二家乡。在中国我学到了很多知识，学会了独立面对生活；各种各样的文化实践项目让我的留学生活更加多彩。中国是一个高速发展的大国，有很多成功的经验，虽然有一些小的问题，比如环境问题，但是未来，我相信聪明的中国人会想出很多办法来解决的。

本文荣获2017年“爱上北京”在京外国人征文比赛优秀奖。

罗达利，男，1995年生，北理工汉语进修生（2016.9—2017.7）。北理工理论经济学专业硕士（2017.9—2019.7）。

优秀奖作品

你好，北京

[苏丹] 马小龙

我在中国快十二年了，在中国长大和生活真的是一个我小时候万万没想到的事情。那时，如果问我中国是什么地方？我肯定一问三不知。但是自从2006年9月我跟我家人到了北京后，我就知道我肯定会喜欢这里的。雄伟的高楼，繁忙的交通，热情的人群，我对中国充满了崇敬之情。

我记得学会的第一句汉语不是“你好”，而是“谢谢”。自从我学习汉语以后，进步还是很快的。我每天跟爸爸的朋友说汉语，看电视上的动画片，这样我的听说能力就提高了。第三年，也就是北京奥运会的那年，我交上了中国朋友，我很高兴能跟他们沟通了。那时虽然我们还小，但从他们身上学到了很多中国传统文化，比如绕口令和一些小儿歌。我记得每天回家，电视里播的都是北京奥运会的新闻，我还看了很多中国的电视剧，有名的电视剧差不多都看过，比如《西游记》《水浒传》《三国演义》（那时太小了，父母不让看《红楼梦》），我从这些电视剧中学到了不少的中国传统习俗和文化，但我最喜欢的还是《武林外传》，从那里我学会了一些舌尖上的功夫。

现在，我的生活习惯就和一个中国少年差不多，如果你问我更偏爱苏丹还是中国？我会说我两个都喜欢，但是如果必须两者选其一的话，我肯定会选中国，因为我已经习惯了在这里的生活环境，离不开这里了。

色香味俱全的中国菜也是我爱上这里的重要原因。不夸张地说，我喜欢所有的中国菜。他们有味道，有故事。

在我眼里，中国现在的发展速度实在是快，这充分证明这个国家是多么积极进取，多么努力拼搏。之所以发展得那么好，我认为是政府和人民一起努力的结果。虽然个别地方比如环境污染的问题还得想方设法解决，但是我有信心。

中国已经成为我的第二家乡了，在这里长大的我已经差不多是个中国人，中国在我眼里是个富强美丽的国家，如果有机会的话我想走遍中国每个地方。我希望中国繁荣富强。

本文荣获2017年“爱上北京”在京外国人征文比赛优秀奖。

马小龙，男，1999年生，北理工2016级电子信息工程专业本科生。

优秀奖作品

一个平凡而伟大的地方

［哈萨克斯坦］司瑞克

我叫司瑞克，来自哈萨克斯坦。我去过中国很多有名的地方，上海、西安、深圳、成都等。但是，在所有我去过的地方之中，我只想推荐你去一个普通的地方。那个地方离这儿不远，从外面看那个地方没有那么漂亮，也没有那么大，其实那儿的生活才是最丰富的！那个地方就是北京理工大学14号楼。对啊，就是这儿，就是我在北京留学的家。我来解释一下我和14号楼的缘分是怎么开始的。

我是北京理工大学二年级的研究生，我们的课是用英语教的，所以我没把学汉语放在心上，但是学校给我们安排了每周两次的汉语课，让我们学一些日常用语。

在第一个学期我觉得学好汉语是不可能的事儿，所以我把时间都花在专业课上，一个学期就这样过去了。有一天，我和家人视频聊天，我的妈妈爸爸说：“孩子，你在中国都快四个月了，你能不能给我们说几句汉语？”我是一个爱面子的人，所以不敢告诉他们我还不会说汉语。哎呀，怎么办？但我还是做出了很会说汉语的样子，对他们说：“请问，图书馆在哪儿？”虽然他们根本听不懂我说的是什么，但他们还是觉得我真厉害！其实我心里特别尴尬，因为我并不会说汉语， 所以我意识到这样不行，从那天开始我下定决心要认真学习汉语。

虽然一口吃个胖子不太可能，但是我还是想尽快地学好汉语。我就问我的朋友们在哪儿能学到更多的汉语，他们却满不在乎地说：“嘿，花花公子， 你想学汉语是不是为了撩妹？”我的天呐！当然不是！可是没有人相信我的回答， 我真是跳进黄河也洗不清了。

有一天我听说在14号楼每天都有汉语课，于是我毫不犹豫地报名了。我还记得我的第一节汉语课，那是一节口语课。一位漂亮的中国老师站在前面，只用汉语讲课，我什么都听不懂，我的内心是崩溃的，不知道是老师太漂亮了，还是我真的是个笨蛋。虽然老师经常鼓励我：“不要放弃，加油！加油！”但我真的加不了油。一个月过去以后，我才开始听懂老师说的是什么。我觉得老师的教法像中药的作用一样，中药和西药不同，中药又苦又慢，但却是最有效的。

幸亏我在14号楼上了汉语课，现在我才能用汉语交流，那些不相信我的朋友们对我刮目相看，他们说：“厉害了我的哥！”如果你觉得我的汉语很好，是因为我在14号楼学了汉语，如果你觉得我的汉语不好，那我也是在这儿学的。

14号楼的汉语老师不止教我们汉语，也教我们中国的历史、风俗和文化。如果碰到了任何难题，我都不需要上网去查，只需要请教一下他们。对我来说他们就是我的百度，他们就是我了解中国的第一扇窗。上课时老师讲什么我都非常感兴趣，有一次老师讲了关于武则天皇帝的故事，让我产生了浓厚的兴趣。我不但去陕西参观了她的陵墓，到现在我也在一直研究她的故事。如果那天我没有来14号楼，我就不会了解这么多的中国历史。

14号楼就像一个小联合国一样，欧洲、亚洲、非洲和美洲的学生都在这里，这儿让我们联合在一起，也让我们了解各个国家。当然，你也可以在这里爱上一个人。比如说，我，已经不是单身狗了。在这儿你还可以报名参加各种各样的活动，你的生活将变得丰富多彩！如果那天我没有来14号楼，我就不能当毕业晚会的模特和新年晚会的主持人。

说到主持人，我有很多话想说，我记得去年的时候，我看到留学生中心有张贴报名做新年晚会主持人的海报，我觉得我这么帅，他们一定会选择我，后来才发现他们需要的不是长得帅的，而是汉语说得好的主持人，我失望极了。今年，一位老师找到了我，她直接问我：“你想当新年晚会的主持人吗？”如果我刚来中国的时候你告诉我我可以用汉语主持，我一定不会相信，但是现在，它真的发生了！我感觉特别骄傲！我终于可以秀一下自己的汉语了！我得意地问那位老师：“你真的觉得我的汉语非常棒，是不是？”她却说：“我选了你并不是因为你的汉语好，是因为你长得帅。”我的内心又崩溃了！但最后我还是成功地过了一把当汉语主持人的瘾，这次的经历让我很难忘。

我听过这样一个道理：如果你想了解一个整体，你应该从小的细节开始了解。所以对我来说，我对中国的认识是从14号楼开始的。一想到中国我就想到了北京，想到了北京理工大学，就想到了14号楼。

两个月以后我就要毕业了，我不知道我还会不会留在中国，但是我知道的是：我离不开14号楼，离不开北京理工大学，离不开北京，离不开中国！

我们下辈子还在一起，好不好？中国！

本文荣获2017年“爱上北京”在京外国人征文比赛优秀奖。

司瑞克，男，1993年生，北理工信息与通信工程专业硕士（2015.9—2017.7）。

北京，与你同行

优秀奖作品

[韩国] 黄又彬

目前算来，我待在中国都快两年半了，可以说不短了，这段时间是我跟中国亲密接触的美好时光。我亲身体验了北京甚至中国的变化。

刚到北京的时候，我才19岁，从法律上来说，已是成人，但我并不是一个能独立做事的人，还是一个不懂事的毛头小伙子。我只学会了“你好”这个最简单不过的词汇就直接来到中国了。而我从此经历了不少变化，准确说是成长。

第一次离开父母的怀抱，第一次住在学生宿舍，每天自己做决定，甚至吃饭这样的小事我也要仔细考虑，对初来乍到的我来说，这些确实痛苦。我当时就认定在异国生活的难度比在本国大多了。

可没想到，随后的生活并非如此苦不堪言，而是让我惊喜不已。

现代的中国，生活方面的便捷绝对称得上世界第一。在中国快捷的付款方式很通用很流行很有效。一个汉字都不认识的我，来中国第一周就实现了“付款成功”，第二周就买到了一辆“购物车”。人们身上只要带上一部手机就什么都可以做，叫外卖、买衣服、甚至可以交物业费等，生活实在没问题。

骑车便利也是一大特色。我刚到北京的时候，路上自行车不怎么多，电动车和三轮车却比较多。所以我担心从此以后作为中国象征之一的自行车会默默地消失。可是过了两年，情况大转，中国进入了“共享经济”时代，路边随处可见各种颜色的共享单车。这些自行车给我们的出行生活带来了方便，你可以随便骑到目的地，然后可以随便停。我之前自己有过一辆自行车，但现在不骑了。因为现在买一辆自行车加上维修的费用肯定不如骑个小黄车便宜了。

来中国以后我才懂得一个人怎么生活，社会是如何运转的。我也开始思考，世界这么大，我们应该怎样享受自己的人生？

我在中国的这两年，是我成长和走向成熟的两年。中国的发展日新月异，我的发展可能性也很大，我希望一直关注中国、关心中国、关爱中国。因为关心中国就是关心自己。

本文荣获2017年“爱上北京”在京外国人征文比赛优秀奖。

黄又彬，男，1996年生，北理工2016级信息对抗技术专业本科生。

优秀奖作品

我的独特记忆——中国北京

［韩国］韩媛净

北京，距离我的祖国韩国只有两小时的路程。跟其他同学比起来，北京离我仿佛很近。但是初来北京后，我却发现，短短两个小时，缩短不了两国生活环境与习惯的巨大差异。

去年9月，我来到北京理工大学汉语班学习语言。刚来北京的时候，我常常跟韩国学生一起玩儿，但是过了一段时间后，我自己觉得汉语口语水平没有进步，所以决定缩短跟韩国人在一起的时间，同时还努力多交一些外国朋友，我以为这样就能很快提高我的汉语水平，但是事情并不像我想象的那么简单。

我们有一个专门为留学生准备的活动室，代号“111”，很多留学生常常在那里跟同胞们一起聊天儿、休息、学习。我为了提高汉语水平，远离韩国人的集体。可是我本身是非常内向的性格，真正可以一起玩儿的中国朋友并不多，常常是我一个人在“111”度过大段的时光。这是我人生中第一次独处这么长时间，恐怕以后也不会有机会经历这样的情况。虽然孤独，但是留给我自己思考的时间很多。那时的我，仿佛一个孤独的汉语行者，独自去中国人很多的食堂吃饭、独自去电影院看中文电影、独自去中国人经营的店面美甲、独自去运动场跟素不相识的中国人一起跑步、独自计划并完成了青岛之行……

我的每一项活动，都是自己完成的，我一个人穿梭于北理校园、城市街道，但是又觉得有各种各样的中国人陪着我一起度过了那些时光，虽然我与他们并不相识。这对我来说是非常新奇的经历，在孤独的时光里，我找到了另一个自己，当然，磕磕绊绊中，我的口语水平也提高了很多。

但并不是所有的时间都是我自己过的。在我们班里有以色列、津巴布韦、塔吉克斯坦等各国的朋友们。开学初期的时候，同学们相互之间很尴尬，后来我们一起聚餐、聊天儿，关系越来越紧密。特别神奇的是，不同的文化和生活的环境的朋友们相互能用汉语进行交流，通过交流了解完全不同的世界，这是我在韩国想都不敢想的事情。与在不同的文化中成长的人进行交流对我来说是全新的体验，我非常珍惜这样的机会。特别是遇见偶然认识的蒙古族朋友雪娜，她对韩国文化非常关心，她喜欢韩国，了解跟韩国有关的很多信息。我们之间有共同语言，很快成了好朋友。雪娜常常帮我解决各种各样的问题。比如说告诉我在学习过程中可能发生哪些问题、解决生活中遇到的困难等。托她的福，我还学习了一些蒙古族文化，品尝了蒙古族的特色美食，没有想到除了学习汉语，我还能体验中国少数民族的特色文化，真是太让人惊喜了。

如果我没有来到北京的话，那么怎么可能会有这么多有趣的经历？这些对我来说都是非常宝贵的经验，所以我更热爱在北京的生活。如果一直在韩国的话，我就没有机会体验一个人的孤独时光、遇见这么多有趣的朋友，所以我非常感谢支持我来北京学习的父母。通过在中国交往的人际关系，获得了这样那样的人生经验，我也成长了很多。我每天特别感谢在中国的幸福缘分。以前我认为通过书籍或影像，可以体验到世界各国的文化，但是现在我改变了我的想法——没有比亲身体验其他国家文化更好的方法了。

对我而言，北京是一个很独特的城市，因为同时带给我孤独感和新鲜

感。在北京的时候，我常常特别感性。比如说，我会觉得雾霾很严重的天空或平淡的街道都有自己的感情。有一天，特别冷，我和室友一起躺在运动场上看天空的星星，唯独在北京能看到比韩国多的星星，看着看着我就哭了，不知道是因为想家还是因为冻的。

即使我回到韩国，在北京生活的人们仍然会继续过自己的人生，没有我的城市依然散发着她的魅力，这让我有些小小的失落，也很不舍。不知不觉我在北京已经生活了快一年了，希望我能留下更多独特的体验和美好的回忆。

本文荣获2018年来华留学生“我与北京”主题征文比赛优秀奖。

韩媛净，女，1997年生，北理工校际交流生（2017.9—2018.6）。

北京魅力

［美国］茉莉

“北京有很多值得爱的东西。”我经常这样告诉周围的人。我了解这座城市，理解这座城市，肯定这座城市，欣赏这座城市。

北京有许多美丽的地方，对于每个人来说都是不同的城市。

北京对我来说的巨大魅力之一，就是这里是学习汉语最好的地方。当我在美国的时候，我就已经对汉语着了迷。尽管我的书写不完美，但我喜欢写汉字。我认为汉字就是一种创造性艺术。我很喜欢学习汉字传统的创作方式。过去我学习写繁体字，许多汉字看起来就像它们的意思。例如“鸡”这个汉字看起来真的像一只鸡，这帮助我记住了很多汉字。在我学习汉字的两年中，我学的汉字超过一万个，这让我很吃惊，但可惜的是，我现在不记得那么多了。学汉语既有困难又有乐趣。明年我会请一名汉语辅导教我。我希望在毕业的时候，我的口语表达和文字表达都会好得多。尽管学汉语很困难，但我真的很喜欢这门语言，尤其喜欢在北京这样一个古今中外文化汇聚之地学习汉语。

北京的魅力之二，是北京有很多风格迥异的名胜古迹和时尚景点。我认为颐和园的夏天是最美丽的。这个时节花繁叶茂，蓝天白云让人心旷神怡。当我走上颐和园的台阶时，我感觉自己回到了古代。我想在湖边徘徊，但我没有时间。我打算下次再去颐和园，下次我一定要乘船。三里屯是我最喜欢的地区。有许多外国人喜欢三里屯，是因为喝酒，但我喜欢它，是因为它的现代时尚。因为我来自加州的旧金山，所以我喜欢时尚现代的城市。三里屯感觉像是北京最时尚现代的地方。明年我会搬到三里屯，开始我在“宇宙中心”的生活。

北京的魅力之三，是北京汇集了东西南北世界各地的美食。因为有太多太多的选择，所以我可以经常去尝试各种新奇的食物。我在北京最喜欢的中国美食是北京烤鸭。我每月至少购买一次烤鸭。因为明年我没有课，所以我会有更多的时间去探索北京这个美食天堂。

对于北京，我越了解她越觉得好奇，越接近她越觉得神秘，这就是北京的魅力。我喜欢北京，但仍有很多未知的地方需要我去探索。我认为北京是外国人来访中国最好的地方。北京是博大的，感谢她接纳并照顾了我，一个来自大洋彼岸的中国迷。

茉莉，女，1995年生，北理工工商管理专业硕士（2017.9—2019.7）。

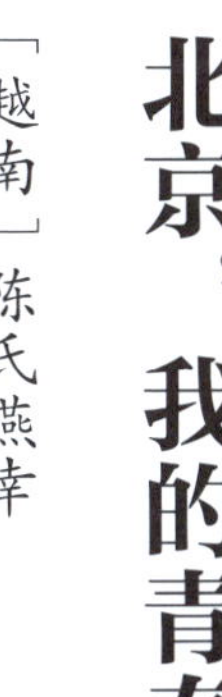

北京，我的青春

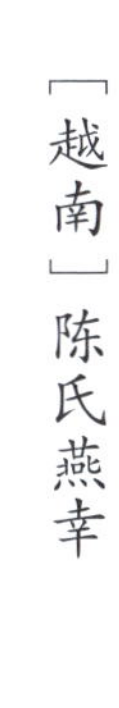

［越南］陈氏燕幸

青春，仿佛一首诗，有独特的韵律与节奏。我的青春奏鸣曲，在中国的北京唱响。

提到北京，想必许多人马上就想到长城、故宫、颐和园，或各种各样的美食之类，但对我而言，北京不仅仅是中国的首都和历史文化名城，这里更有我的青春。

我第一次远离家乡，第一次在陌生的城市独自生活，第一次感受异地的温暖，就是在北京。

时间过得真快，转眼就快一年了。我想跟大家谈谈我的收获。

在这里，我学到了好多知识。

来中国之前，我在国内学过一年汉语，但还没有机会跟中国人说话，我老觉得自己的汉语水平不够，没法在中国好好生活。当我得到北京理工大学的录取通知书的时候，兴奋之余还是有些小小的担心，如果我的发音不标准，语法不对，对方听不明白我说的话，会不会闹笑话。所以来中国之后，我连一句简单的汉语也不敢大声地说出来，总害怕出错。当时我脑子里一直这么想着：如果出错，那不是很丢脸吗？好在我得到了北京理工大学汉语老师们很大的帮助。老师每天教我们很多生词和语法，教我们怎样才能流利地说汉语，怎样能把想说的话清清楚楚地说出来，仔细地帮我们修改各种小小的错误。不仅仅是书上的知识，老师还给我们讲了很多故事，包括中国的历史和文化，介绍了北京的很多景点和美食，帮我们更加了解在北京的生活。在老师们的帮助和鼓励下，我开始大胆地说汉语，我的汉语水平比以前高多了，我心里非常感谢各位老师！

在这里，我认识了好多朋友。

首先说说同学们吧，我们每天一起上课，一起聊天儿，一起出去吃饭，我们从生人慢慢地成了熟人，成了好朋友。第一天上课，我们之间除了“你好”，说什么都觉得很尴尬，不知道怎么聊天怎么沟通。如今，同学们之间的关系变得特别亲密，像一家人一样，我们每天都开开心心地上课，课间热热闹闹地聊天儿，每天一起学汉语，一起进步。除了同学们，我还认识了一些在北京理工大学学习的越南留学生。我刚刚来北京的时候，他们已经在这里生活一年了，所以他们对北京，对北理工比我更了解。在北理工的第一天，他们陪我去办理所有的入学手续，帮了我很多忙，指点我怎样适应在这里的生活。我们每天一起做饭、吃饭，周末有空的话就出去玩儿，参观北京的名胜古迹，品尝北京的美食。虽然我们在越南国内来自不同的城市和地方，但我们在这里相聚，在北理工成了好兄弟、好姐妹。感谢我的朋友们，有你们，我的生活每天都过得很愉快。

我在北京不但收获了既新鲜又有特色的语言文化知识，还结识了天南海北的朋友们，接下来我还要在北京读两年书，在北京生活和学习的这段时间会成为我美丽的回忆，日后无论我去哪儿，干什么都忘不了。

北京就是我难忘的青春乐园！

陈氏燕幸，女，1994年生，北理工汉语进修生（2017.9—2018.7）；北理工2018级应用经济学硕士研究生。

北京四季

[老挝] 蒙妮

时间流逝，不知不觉2018年的一半快过去了，一转眼，我发现自己已经在北京留学五年了。

2013年夏天，我这个对世界一无所知的17岁的小女孩，第一次独自离开父母和家乡到一个陌生的繁华的都市留学。我高中毕业以后获得了国家政府奖学金来华留学。北京，一个文明大都市，是我国政府给我定的留学的目的地。

一谈到北京，人们肯定会想到很多著名景点，比如：故宫，天安门，长城等。可是这些雄伟的建筑并不是我眼中最美的景点。由于我个人比较爱独处，喜欢待在人烟稀少的地方，因此我会寻找北京那些安静的地方。

每当春天来临，我经常在晴朗的早晨去宁静的公园休息。在我眼里，朝阳公园早晨的时候是一座十分清幽的公园，我喜欢坐在凉亭或湖边的木凳，享受大自然给予的清凉和静谧；五颜六色的繁花，绿油油的草地，凉爽的微风，柔和的阳光，真令我舒服。到了春暖花开的时节，我就喜欢一个人踏青赏花。每年四月初，我会到北京的元大都城垣遗址公园和玉渊潭公园欣赏海棠花和樱花，盛开的花朵，粉的娇艳，红的热烈，春意盎然，仿佛自己到了花海中。

春去夏来，北京的天气渐渐变热，在白天，天空通常是蔚蓝。由于我比较热爱天文，经常在夏天的时候去天文馆观赏关于宇宙演化或星空变化的项目。夜空很清澈的时候，我经常会跑到北理工良乡校区遥望星空。我个人还喜欢站在城市的最顶端俯瞰远方的繁华夜景，夏季的傍晚有时也去北京国贸大酒店登上80层的云顶，夜幕降临，神秘的黑色笼罩天空，能俯瞰北京商务中心区斑斓缤纷的灯光和高高耸立的高楼大厦，感受城市的灯红酒绿，不知不觉就被流光溢彩的城市夜景深深地吸引。

当秋天到来，北京的天气逐渐变凉，我就经常去各个美术馆，一个人安静享受艺术之美；有时也去798艺术区的佩斯北京画廊参观艺术展览，尤其是798艺术区去年举办了花舞森林展览，让我体会欣赏了艺术与科学所创造的梦幻虚拟花海和水晶宇宙。

冬天，雾霾有时比较严重，无风雨也无晴空。北京的寒冬给我带来了寂寞以及空虚的感觉，每当难过或觉得自己生活苦恼时，我总是会去教堂祷告。我经常去宣武门天主教堂和西什库教堂做弥撒或祷告，进入教堂内部，一瞬间，一股安详和平静的感觉油然而生，轻轻坐在长椅上，闭上眼睛，默默在心里许着愿望，虔诚地祈祷，放下内心的纷扰，这样就能让自己心旷神怡。

每次面对压力，我就会找一些好的美食来安慰自己，让美味填满自己的心情。麻辣香锅和番茄鱼火锅，加上老北京炸酱面以及煎饼果子，是四道美味可口的菜肴，也是我最喜爱的中餐，这些菜跟爽歪歪的北冰洋汽水搭配食用更好吃，酸甜苦辣咸的味道，一吃就能缓解一些不悦的情绪。

在北京留学，让我学到了很多新东西，令我开阔了眼界，积累了社会经验。一个人生活在陌生的环境里，让我变得冷静沉着。北京让我学会了坚强、奋斗和耐心。原来那个害羞内向的小女孩，已经渐渐变得更坚强更有毅力了！

蒙妮，女，1995年生，北理工国际经济与贸易专业本科生（2013.9—2017.7）；北理工应用经济学硕士（2017.9—2019.7）。

Part Three

第三部分

“留学北理感知中国”系列故事

巴基斯坦家庭两代7口人留学北理工的故事

国务院新闻办

20世纪70年代，伊克拉姆作为巴基斯坦第一批来中国学习的留学生，后又将6个子女先后送往北京高校读书，与中国结下一生情缘。现在，北京已成为伊克拉姆一家的“第二故乡”。随着中巴经济走廊建设，在巴基斯坦一些地方启动了太阳能、风力发电等项目，缺电问题正得到缓解。许多当地人还参与到公路、铁路等建设项目中，交通状况正得到改善。伊克拉姆一家也做好了准备，在“一带一路”中巴经济走廊建设中为中巴交流合作贡献力量。

2000多年前，古老的中国和巴基斯坦，通过古丝绸之路，架起友谊桥梁。巴基斯坦曾热情地迎接来自东方的客人——中国汉代使节张骞、东晋高僧法显和唐代高僧玄奘。

2000多年后的今天，在中国“一带一路”倡议下，中巴两个文明古国正携手建设“中巴经济走廊”这条新的丝路，延续传统友谊。而现代中国也正以开放、包容的姿态迎来越来越多外国朋友留学工作。

20世纪70年代，一个名叫伊克拉姆的巴基斯坦年轻人，满怀憧憬，来到中国首都北京，成为巴基斯坦第一批赴中国学习的留学生，从此与中国结下一生的情缘。

21世纪初，伊克拉姆将6个子女先后送往北京高校读书，其中5人就读于北京理工大学。让他感到自豪的是，孩子们在中国留学都成绩优异，取得了硕士或博士学位。而北京，也成了这一家巴基斯坦人的“第二故乡”。

“中国安定的环境、中巴传统友谊，都是我们喜欢中国的理由”

春日的北京繁花似锦。在北理工的校园里，30岁的巴基斯坦姑娘扎维利亚浓眉深眸，长发飘逸，一袭黑呢大衣配上一条牡丹花的粉紫色围巾，走在校园里，格外引人注目。

这位性格开朗、中文流利的姑娘2008年来到中国，先在天津大学读了一年汉语，2009年至今一直在北理工攻读计算机科学与技术专业，今年6月，她即将博士毕业。

“爸爸很早就来中国学习，他学习特别厉害，中文说得跟中国人一样好！”说起父亲，扎维利亚一脸崇拜，“他常说中国是他的‘第二家乡’，中国人性格特别好，特别欢迎外国人。我们来中国读书也都是受到他的影响。”

1974年至1979年，伊克拉姆先后在北京语言大学、天津大学学习中文及无线电技术，之后回国，就职于巴基斯坦一家军工企业，并成为一名坦克工程师。之后近30年，伊克拉姆都致力于中巴国防方面的合作项目。2005年，受公司派遣，他再次来到中国，就读于北理工自动化学院并顺利获得博士学位。

伊克拉姆对中国的特殊感情，也影响到了家人。留学期间，他曾带领全家人来中国旅行并参观北理工。学成归国后，他就帮子女们申请中国政府奖学金，送他们到北理工读书。

“中国安定的环境、中巴传统友谊，都是我们喜欢中国的理由。”多年后，再次回母校、已胡须花白的伊克拉姆老人这样向学校讲起当初的决定，“北理工优良的学术传统和氛围深深吸引着我们，教师一流的教学水准和对留学生无私的帮助与关照，都让我们在这里学习、生活更方便和自由。”

“爸爸觉得中巴关系特别好，地域相邻、文化相近，很安全。”扎维利亚说，“我们小时候也看中国的照片、听他讲中国的故事，也很想去看看。”

扎维利亚的姐姐玛丽亚最早沿着父亲的足迹来中国学习。她2005年来北京学习汉语，之后就读于北理工管理科学与工程专业，并获得了硕士、博士学位。

在北理工留学生中心，优雅腼腆的玛丽亚挽着妹妹扎维利亚的胳膊，笑着回忆，“来中国前我就听说中国人工作很努力，来了后发现他们是非常、非常努力。”她记得，刚来北京时，只有几条地铁线，但现在地铁线四通八达，印象最深刻的还有2008年的北京奥运会。“中国是个和谐友善也很有秩序的国家。”

玛丽亚的丈夫瓦黑德、扎维利亚的丈夫哈玛德也跟姐妹俩同时来到北理工，学习信息与通信工程，几年后分别获得博士和硕士学位。2009年，弟弟阿玛尔又来到北理工读书，今年3月，他刚刚获得了控制科学与工程专业硕士学位。

“这是一段我将铭记终生的学习体验”

伊克拉姆家族成员们在学业上取得的累累硕果，离不开自身的艰辛努力和中国师生的热心帮助。

说起刚来中国时的种种不适应，扎维利亚不住地摇头。“那时我完全不会说中文，上课时都不知道老师在说什么，完全听不懂，跟同学们也都没法交流。”就这么天天听、天天练，慢慢地，她发现能听懂了，对汉语也有了浓厚兴趣。

而北理工师生的无私帮助也让她们感到了异国的温暖。扎维利亚满怀深情地说起，读硕期间，她跟一位老师比画着说听不懂讲课，且PPT都是中文，没想到第二天，这位老师就专门为她一个人做了英文的PPT，考试时也让她自由选择中文或英文考试，这让她感动到不行。

“在老师的帮助和指导下，我才树立自信，一步步成长。”扎维利亚感慨，“这是一所我忘不了的大学，也是一段我将铭记终生的学习体验”。

“正如父亲所说，中国人都乐于助人。”玛丽亚记得，上学时老师都很关照她，为她修改论文，指导课题，帮她解决各种问题，同学也会经常帮她温习课程，一起讨论。

在老师、同学们的帮助下，姐妹俩在学业上成绩斐然，多次被评为优秀学生，成为北理工留学生中的榜样。

闲暇时，她们最喜欢去逛颐和园、天坛等公园，到前门、王府井等地购物，最喜欢吃的是饺子和宫保鸡丁。扎维利亚说，她也去看虽然听不太懂但“特别喜欢”的京剧，“我们都特别喜欢北京，待了很多年，都习惯了，去别的地方都觉得路特别窄。”

因为有在中国留学的经历，今年3月起，玛丽亚成为北京印刷学院国际教育学院客座教授，每天都忙碌地为外国留学生们教授管理学方面的课程。去年9月，她的丈夫瓦黑德受聘于这所学校担任教职。夫妻俩现在以校为家，每天课程排得满满当当，还不时为学校接洽前来交流的外国学者。

而哈玛德也在北京一家外企找到工作，从事汽车电子设备研发，28岁的阿玛尔因成绩优异获得北京一家航空公司的青睐，即将从事无人机方面的研发工作。

阿玛尔兴奋地说，去年在北京语言大学学中文的妹妹贺芷兰现在也成了巴基斯坦国立现代语言大学的一名中文老师。这个月底，另一个妹妹阿米娜也会来北京学习汉语及专业技术。

“希望成为中巴交流合作的桥梁”

如今，扎维利亚最大的心愿，就是在她所熟悉、热爱的北京找到一份好工作，跟丈夫一起经营生活。让她高兴的是，今年年初，中国允许优秀外籍高校毕业生在华就业，中国的对外政策正变得更加开放和宽松。这也吸引着越来越多的外国留学生到中国学习生活。

“过去很多巴基斯坦人都喜欢学阿拉伯语、法语和德语，但现在他们都想学汉语，到中国来学习、跟中国人合作，许多大学甚至小学都有中文班。”玛丽亚说，“这些年因为中国蓬勃发展，许多外国学生都希望到中国留学，越来越多的人获得了中国政府奖学金，我们全家人就是受益者。”

根据教育部数据，2016年在华外国留学人员数量已达44万多名，来自全球205个国家和地区。中国已成为亚洲重要的留学目的国。去年，北理工留学生总数近2000人，其中“一带一路”沿线国家学生人数达800多人。

根据规划，中国还将扩大中国政府奖学金资助规模，设立“丝绸之路”中国政府奖学金，每年资助1万名沿线国家新生来华学习或研修。

而正在建设中的中巴经济走廊也让扎维利亚和家人格外期待。他们说，一直以来，最困扰巴基斯坦的就是能源问题，很多城市缺电，即使是在首都伊斯兰堡，有时也会一天停电5小时，很多家庭都有小型发电机，“生活很麻烦”。随着中巴经济走廊建设，在家乡一些地方已启动了太阳能、风力发电等项目，缺电问题正得到缓解。许多当地人还参与到公路、铁路等建设项目中，交通状况正得到改善。

“中巴友谊源远流长，我相信中巴经济走廊就是两国友谊所结出的硕果。”玛丽亚表示，“我们都相信，随着中巴经济走廊一系列项目的实施，巴基斯坦人的生活将会得到改善，我们在能源、交通、经济、文化等各领域的交流合作也将更加紧密，这将使两国人民受益。”

在扎利维亚看来，随着中国“一带一路”的推进，未来中巴经济走廊建设将需要大量技术人才，这将为许多和她一样在中国受过教育、懂汉语和专业技能的巴基斯坦留学生带来难得机遇。“我希望自己能在其中发挥才能，更好地发展，成为中巴交流合作的桥梁。”

从北理学子到汉语教师的寻梦之旅

刚果［布］夏渔

"老师，怎么用筷子？中国人吃饭为什么用筷子？"

"老师，汉字中的'日、口、亻'这些都是什么意思啊？"

"老师，怎么才能流利地说汉语？"

"老师，你可以给我们介绍一些中国文化吗？"

这些都不是我问汉语老师们的问题；这些都是我的学生们问我的问题！

现在，我是刚果（布）驻华使馆下属领事学校的实习教师，教孩子们学汉语。我的学生都是13岁左右的孩子，他们来自刚果（布）、法国、几内亚、尼日利亚、马里等国家，这些孩子的父亲或者母亲在驻华使馆工作。他们喜欢练习口语，非常喜欢说，课下经常找我聊天，在聊天中我了解到他们对汉语和中国文化的热爱，虽然他们都说法语，学汉语没那么容易，但并没有因此而不想学习。这个学期我在给他们上课时，特别羡慕这些学生，羡慕他们这么小就可以近距离接触中国文化。

羡慕的同时我也为自己感到自豪，因为我终于实现了当汉语老师的梦想！

在这世界上任何人都有梦想，我也不例外。从小就梦想着当汉语老师。为了实现我的梦，我一直想到中国学习，直到2016年我申请到了孔子学院奖学金，来到了北京理工大学，我的梦想才逐渐变成现实。

回想我刚到北京理工大学时，我的汉语水平很差，发音不标准，闹了不少笑话。有一次，我去买东西，本来想买西瓜，但是我把西瓜说成了吸管，而且还反复说“我要吸管（西瓜）！我要吸管（西瓜）！”卖西瓜的人怎么都不明白我说什么，他就对我说:“没有！没有！”我看到别人刚从那里买了西瓜，怎么可能没有呢？难道他不想卖给我？我正犹豫时，一位汉语老师恰巧路过，她问明情况并帮助了我。当老板把西瓜拿到我面前的时候，我真的好激动，那时候我就知道发音的重要性。每天下午我都会去办公室，请老师帮助我纠正发音，告诉我发音时需要注意什么、用哪些部位来发音。这个方法我现在已经用到我的学生身上了，我希望他们都能说标准的汉语。

我很庆幸选择了北京理工大学，在这里我们不仅汉语学得好，还有丰富的校园生活。比如能让我们亲身体验的中国文化课、锻炼我们各种能力的比赛、探索中国社会的参观活动等。这两年我参加了很多活动，通过这些活动了解的中国文化，给我印象最深刻的是去年暑假我和同学们参加了2018年“未来领袖青春使者”国际青年社会实践夏令营，在活动中，我被分到“改革开放——海南省经济特区金牌实践团”，我和同学们在海南海口，参观了春光食品有限公司、金林海口甲子通航机场等，感受中国民营企业走向世界时的政策支持，了解“通用航空+特色产业”的项目运作思路、“一带一路”规划与“互利共赢”国际合作等。让我深深体会到“中国质量”和“中国速度”。

明年我就要毕业了，毕业以后我会选择回国，因为那里还有很多孩子们，他们需要汉语老师，需要了解中国文化，我要把在这里学到的汉语知识和了解到的中国文化传授给他们！

夏渔，男，1992年生，北理工汉语国际教育专业硕士（2017.9—2019.7）。

AI中国，AI未来——津巴布韦小伙的智能中国梦

［津巴布韦］史凯

改革开放四十年来，中国不仅成为全球第二大经济体，也成为全球科技中心之一。中国不仅进入了新时代中国特色社会主义，也迈入了人工智能时代。因为这个科技革命，全球对中国刮目相看。

梦想学习人工智能

我来自津巴布韦，一年半以前我为了能感受到中国的科技奇迹，开始学中文。来中国之后我发现：在中国，AI几乎人尽皆知。我经常在新闻中看到中国政府在推动人工智能的广泛应用，为老百姓的生活创造幸福和方便。这，对我来说是一个领先的政策，因为不仅能促进人工智能公司的产生，也能让人民在现代化的背景下体验更好的生活，能让中国抓住未来。

今年八月我和北京理工大学的学生一起做志愿者，去参加“2018年北京国际软件博览会”。在这个博览会中很多大规模的公司前来参展，其中有百度、腾讯、字

节跳动等，他们来宣传他们的产品。我们周围全都是机器人、智能驾驶。在多姿多彩的屏幕上表现了未来：智能城市，大数据时代——我感觉进入了未来！另外，来自五湖四海的代表都发表了演讲，他们反复强调中国高速的智能化。我经常听到的格言是我们要“通过算法解决问题。”

在北理工探索人工智能

我是计算机科学专业的。很多人认为我们只会编程，我以前也是这么想的。但是，上课以后我发现，其实不是这样的，我们大部分时间是在思考。像孔子说的：学而不思则罔，思而不学则殆。我们研究的是怎么让计算机系统像人类一样思考，从而解决复杂的问题。比方说，在《人工智能》课上，我们学神经网络的概念。神经网络试图模拟象征人类大脑思考问题的方法，大脑的基本细胞是神经元，它能让我们感知世界和考虑最复杂的问题，所以我们在学怎么模拟这个概念。

我们的老师强调，要以数据为主去优化目标和算法。这是说，你要先判断一个问题根深蒂固的观点，然后让计算机去验证。随后要再次循环这个过程直到算法达到最稳定的状态——这是最优的方法。

我精通八种语言，所以语言是我的生活。我渴望能分析语言。因为，对我来说，人类语言是社会产生的最重要的原因。我以前以为人类语言只是一个抽象的概念，只有人类能解读而分析。在《自然语言处理》的课上，我发现，其实人类语言能用数学和计算机模型表达而分析。我受到了很大的启发，我现在希望用人工智能算法开发一些系统，能帮人很快学会语言，从而感受语言的美丽和魅力。

把人工智能带回非洲

我认为我们非洲国家要像中国一样的发展。我们非洲的国家不仅要考虑传统发展的方法，也要考虑农业智能化、科技教育的改革。因为世界一直在改变，是理所当然的。

我一直在思考为什么中国经历了几千年的历史还能有稳定的文明，而古

希腊、罗马却消失了，历史悠久的中国还存在。其实可以说中国几千年以前已经学过“人工智能”——机器学习的算法。中国一直在改变，它从历史经验中一直在优化目标和算法。从古代一直到现代，它一直在这个循环的过程中，寻找一个稳定的状态。我觉得这个思路和方法会使得中国成为人工智能复兴的圣地。

史凯，男，1990年生，北理工2018级计算机科学与技术专业硕士研究生。

改革开放是中国未来快速发展的基础

[印度尼西亚] 严里安

1978年，邓小平先生宣布了一系列旨在适应全球化新时代的“中国经济改革”或“改革开放”的新政策。邓先生有一句著名的话：“不管白猫黑猫，抓到老鼠就是好猫”，这句话清楚地解释了他强烈支持计划灵活性的改革愿景。为了在改革的早期阶段利用国际贸易来增加出口，中国政府实施了一系列政策，如吸引外国投资，进口替代等，旨在提高当地商品的质量，产量及有效性，并建立自由关税削减政策。

经过36年的改革，我作为一名本科学生来到北京。来中国第一年，每次去购物我都记得带着我那装满硬币的瓶子。可是后来，我对中国移动的应用程序有了解后，我开始在每家商店使用QR Code，就是扫描二维码，而不是将装满硬币的瓶子带到每个地方。根据布鲁克林公布的数据，2012年至2017年，中国移动支付交易的年增长率达到3位数。我也对一些关于烹饪产品的应用感到吃惊，因为它给了我无限的食物选择，而且不需要等待很

长时间就可以吃到想吃的美食。付款过程非常简单，因为食品应用程序已集成到我的电子钱包中。此外，烹饪行业的现代化也促进了经济发展，使人们能够在自己的厨房里烹饪食物，然后在网上销售。

在交通运输领域，中国的数字化主要发生在2014年和2015年，包括网约车和共享单车。对于像我这样的学生来说，这些技术是以短期和低成本方式到达目的地的完美解决方案。此外，改革政策也影响文化方面，语言学习也是一个明显的证据。我已经看到年轻人如何通过强化课程或在线学习平台努力学习英语。2006年，"经济学人"发表数据表明中国已成为最大的英语学习市场。年轻一代认为，熟练使用英语将为他们提供更多的学习机会和职业选择。

经过40年的经济改革，中国还认真开展了"Made in China 2025"和"一带一路"两大项目。俗话说"千里之行，始于足下"，在今后，多边合作将继续发展，中国将更加支持技术和知识的融合交流，一些新技术，如3D打印机和空中巴士，使中国成为"著名的技术超级大国"，并成为全球新闻头条。如今，中国也成了世界创新浪潮的引领者。此外，中国公司还展示了以低成本生产差异化产品的能力。总之，中国是一个永远充满活力的国家。

严里安，男，1996年生，北理工国际经济与贸易专业本科生（2014.9—2018.7）。

一带一路　寻梦之旅

[孟加拉国] 心天

中国有几千年的历史，所以去哪里都能看到古代的影子。中国现在的首都北京，古都南京、西安都能感受到古代的文化。我去过好几次长城，每次去都觉得惊奇，古代的中国人修建了这么雄伟的建筑，太伟大了！

来之前我看了好多中国电影，大部分电影里人们穿的都是古装，所以我以为中国是个传统的国家。但是来了以后才知道中国变化那么大。中国古代有四大发明：造纸术、印刷术、指南针、火药；现在中国也有四大发明：高铁、支付宝、网购和共享单车。这些都在慢慢改变着世界。

中国有世界上最多的高铁，在中国旅游、做生意都很方便。世界上最大的网购系统也在中国，我回国以后首先想到的就是中国网购，网购不仅速度快，价格还便宜，物美价廉。支付宝和微信付款也非常方便，买机票、火车票、叫外卖、买菜都能用，听说即使在农村买东西也都能用手机付款！平时，我喜欢骑共享单车，这个发明太好了，方便了人们的生活，对环境也好。

另外，中国科技公司的水平也跟世界上最好的公司差不多，有的中国品牌比一些外国名牌还好。现在中国什么都能做：手机、电脑、汽车、火车、飞机等，而且做得都很不错。

中国政府做的事情也越来越多，国际影响力也越来越大。“一带一路”是一个伟大的政策，让每个国家跟邻居关系友好，共同发展，所以很多国家都已加入。这些都让中国越来越强大。

中国越来越强大，许多外国人都来中国寻找发展机会：学习、做生意、工作，我也是其中一个。我是2013年第一次来中国的，已经五年了。这五年里，我硕士毕业、学会了汉语，现在正在读博士。我想好好跟中国人学习：怎么用这么短的时间改变了国家，经济发展速度怎么这么快！学了以后我想用这些办法来改变我们国家，这就是我的中国梦。

说到学习，中国的国际教育也发展得越来越好。现在中国热情欢迎外国人才。我去过中国的30多所大学，每个大学的中国学生学习都那么认真、课题研究做得也很出色。现在中国发表的论文数量比美国还多。此外，留学生硕士毕业以后可以直接找工作，办工作签证。我们在中国的工作机会越来越多，工资也越来越高。我们能在很多有名的国际大公司工作，博士毕业的人还能在中国大学里教学。机会真的太多了，只要你努力，一定能在中国找到适合自己的机会。

看到中国这些年的发展变化，用一句话说就是：“未来都是中国的！”

来到中国，只要你努力，一定能实现自己的梦想！

心天，男，1990年生，北理工2017级管理科学与工程专业博士研究生。

中国模式：为社会发展带来更多可能

［多哥］梅森

中国是一个大国。近年来，中国创造了令人骄傲的发展成果，吸引了很多国家的目光。中国与世界各大洲的多方合作更是中国飞速发展的有力证明。其中，中国模式是值得各国学习的。

为自己而活，对自己负责

这是中国社会的众多成就之一——每个人都能为自己活，并对自己的人生负责。中国人努力奋斗，创造自己理想的生活。平衡的社会机制已经建立起来。每个人都有成功的机会，都能过上自己想过的生活。每个人都能选择自己的人生是中国社会的伟大之处，这在一些世界级的企业中还不能做到。

敬业与乐业

一个人可以选择他想要的人生，他就能选择自己感兴趣的工作并能够快乐地工作。热爱自己的事业，是敬业与乐业的前提。中国社会在这个方面做出了很好的表率。无论是商店售货员、教师还是工人，人们都为自己从事的行业感到骄傲并为之奉献。每个中国人都将自己的身体和精神投入到工作中去。为了将工作做好，很多中国人都全力以赴。

和谐社会

中国在构建和谐社会上做出了令人瞩目的成就。如何保持社会的平衡和稳定？这是一个世界性的难题，而中国做到了。交通高度发达，无论是公交、还是地铁、出租车、火车，中国人可以根据自己的需要进行选择。便捷的交通使距离不再是问题，每个人都能根据自己的经济能力找到适合自己的交通方式。

男女平等的公平社会

在中国，国家从来不会牺牲某个群体的利益。男性和女性在社会生活中拥有相同的权利。男性可以做的工作，女性也能做。看到中国的女性也能像男人一样开公交车，做装修建筑工作，许多外国人感到特别惊奇。中国社会给女性同样的尊重，并给她们同等的权利。在家庭中妻子积极参与家庭管理，不仅有利于小家的发展，更有利于提高中国社会的竞争力。

坚持社会主义的核心价值观

中国社会是一个有价值的社会。社会尊重每个人的生活习惯。现代思想与古老文明一起存在。这些伟大的思想和优秀的文化使中国人深深地热爱他们的祖国，用中国话说就是“不忘本”。比如说中国最重要的节日——春节，这时候中国人都会回到老家和亲友相聚，这样的传统让家庭更加团结。

以人为本，敬业与乐业，和谐社会，性别平等，一个有价值的社会，这些都是中国社会的重要组成部分。依靠这些独特的元素，中国不断发展，重新站在了世界前列。中国社会是特色的社会主义社会，许多国家现在都在称赞中国的特色和繁荣。总而言之，中国的社会模式是一个非常有借鉴意义的模式，值得许多国家学习。

梅森，男，1996年生，北理工控制科学与工程硕士（2017.9—2019.7）。

我的三国梦

[也门] 赵玄德

中国是世界上历史最悠久，文化最深厚的国家之一，给世界留下了无数瑰宝。每个来到中国的人都有自己与中国的独家记忆，我也不例外。我来自也门，与中国的缘分是从“三国”开始的。

我小时候特爱打游戏。有一天，为了买几个新的游戏，我去了一趟电玩店。他们那一天正好有活动，买三送一。似乎是命中注定，他们赠送给我的游戏是“真三国无双”。那可以说是我与中国文化第一次接触，气势恢宏的战争场面、性格鲜明的人物设定，没想到小小的游戏竟然有这么深的内涵，我顿时迷上了那个游戏。

最初我以为游戏的内容只是虚构的，后来听说那些勇猛的大将、聪明的谋士、性格不同的帝王真实存在；那些史诗般的战争真正发生过！后来，经过查阅，我才确认那些人物、战争和故事确实都是根据真实历史改编，这令我大吃一惊！就是从那时起，我对中国的历史和文化产生了浓厚的兴趣，开始每天在网上阅读有关三国的内容。

《三国演义》真是本迷人的书，里边不仅有大大小小精彩的战争，还有几百个个性鲜明的英雄人物。我最喜欢的人物是蜀国的开国皇帝——刘备刘玄德。很多人喜欢刘备是因为他的忠肝义胆；而我却不同，我佩服他，是因为他没有像其他帝王那样把百姓当成实现自己欲望的工具，而是把百姓放在第一位。能有这种境界的人很少，尤其在战乱年间。因此，我取了赵玄德作为我的中文名。

于我而言，出国留学是人生中必须要有的经历之一。因为我觉得在一个国家，一种文化环境里过完一生太平淡，至少应该有一次国外生活的经历，体验别国文化，了解其他民族的思想，从另一个角度看世界，这样做会让人的视野更开阔，思想更丰富。因此我一直在找一个出国留学的机会。当得到来华留学的机会时，我又喜又惊，马上就同意了。虽然我知道出国留学会面临许多困难，但这是我一直以来想要经历的。更重要的是，我可以更多地了解三国故事，了解东方那个古老神秘的国家。

在中国，我遇到了许多老师，交了很多朋友。除了学好中文，我也更深刻地了解了中国人。我参加了很多活动，比如青年论坛、文化节等，在京津冀高校留学生辩论赛上，我不仅当辩手，还跟同学们一起表演了屈原的故事，了解了这位爱国政治家的生平事迹。在与中国人交流的过程中，我越来越发现，舍己为人的精神在中国人思想中是普遍存在的，无论是老师主动加班给我们补课，还是朋友们抽空给我们辅导，这些都令我非常感动。我认为如果世界各地的人都向中国人学习这种美德，世界会变得更美好。

现在，我深刻地体会到，中国文化是那么的多元，历史是那么的丰富。尽管我在中国的时间不长，但是中国已经在我生活中留下了深刻的印象。我在中国的旅程还没结束，我会抓紧在中国的这段时间，体会中国文化的各个方面，更深入地了解炎黄子孙。

赵玄德，男，1997年生，北理工2017级机械电子工程专业本科生。

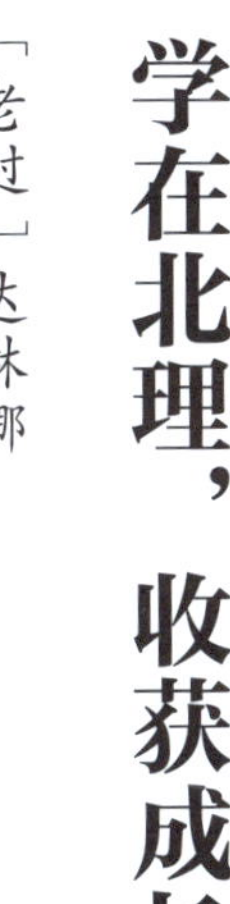

学在北理，收获成长

［老挝］达琳娜

2015年是我人生中刚开始的一个新阶段，我离开故乡，来到了这个古老又有魅力的国家——中国，来到北京理工大学读书。我还记得刚来时的感觉，什么都很新鲜，内心非常激动，迫不及待想了解我的这个新家。

我的专业是国际经济与贸易，很多人可能开始有疑问，学经济管理类为什么来北京理工大学呢？问这些问题的人一定不太了解北京理工大学这所名校。虽然北京理工大学是一个理工科的学校，但是经济管理学科同样是出类拔萃的。

可以这样说，大学四年，我在这里真的没什么可遗憾的了。丰富和高质量的课程满足了我的学习兴趣，我每天都在学知识都在提高，此外，学校和留学生中心举行各类活动，丰富我们的课余生活，为我们提供了很多发挥自己才能的平台。比如我加入了音乐社团、校学生会国际交流部，还参加了歌唱比赛。在老师们的指导下，我还参加了东盟汉语之星、京津冀高校汉语之星等众多高水平比赛，取得好成绩的同时也锻炼了自己的能力。

取得好结果当然是美好的愿望，但在活动过程中学到的知识和交到的朋友，则更弥足珍贵。就拿我在音乐社的时候来说吧，我加入了一个乐队，大家每周都一起训练，这是我第一次真正跟中国人相处及合作。中国同学学习特别努力，我深深地被中国同学影响着。俗话说入乡随俗，我经常跟乐队朋友们去自习，因此我来中国的这些年也给我的学习和生活习惯带来了很大的改变。

我喜欢和中国朋友们一起学习，喜欢到教室里感受北理工浓厚的学习氛围，喜欢用汉语的思维模式和中国朋友们辩论社会问题。这一点一滴的喜好，也成就了现在的我：一个充满自信、能言善辩、乐观向上的老挝女孩。我真的很感恩，因为在中国的这段时间，我既学到了地道的汉语，提高了自己的汉语水平，又交到了一辈子的中国朋友，还了解了中国人的生活习惯和文化。

马上就要毕业了，我想继续留在北理工读硕士，因为我学得越多，越觉得自己知道的专业知识还远远不够，对中国的了解还没那么深入。我们社团里的中国朋友们也都要继续读硕士，我要像他们一样用功读书，因为学海无涯、学无止境！

达琳娜，女，1996年生，北理工国际经济与贸易专业本科生（2015.9—2019.7）。

从北理工到中关村创业园的乌干达小伙
——北理工优秀留学生乔纳森谈创业经历

[乌干达] 乔纳森

我叫乔纳森，来自乌干达。我是北京理工大学计算机专业大三年级的学生。我对创造和学习充满热情。我有很多爱好，尤其是在技术、音乐和设计方面。

我在中国学习近三年了。2016年初春我来到北京，花了六个月的时间学习中文，还参加了北京理工大学的工程学课程，学到了很多东西。后来我申请了中文授课的专业，继续攻读学位。

根据我在北京理工大学学到的知识，我开始参与一些个人和团队的软件项目。目前我是一家软件公司的设计主管和前端开发人员，我们的项目是利用人工智能和不同的网络协议来帮助口译人员进行同声传译，为有需要的企业或人员提供远程同声传译的平台。

Q：你来北京理工大学学习计算机科学专业的契机是什么？

我对创新充满热情。在来中国之前，我曾在不同行业的许多初创公司工作过，从食品行业到设计和网络技术行业。在那段时间里，我学到了很多东西，这些东西帮助我在不同的领域获得了经验。我学会了如何设计产品和开发基础软件；了解了计算机在过去十年中变化的方式，以及它们将如何继续成为我们这个时代技术进步的核心。

正是在这段时间里，我对软件产生了兴趣，并决定从事计算机科学的相关工作。软件有能力改变和改善我们的生活和我们生活的世界。后来我决定，中国将成为我的目的地和我的故事的一部分，因为它在过去几年中将软件竞争力提升到了非常先进的水平。我也非常喜欢中国的文化和历史财富。

Q：哪些课程对你影响最大？

我喜欢很多学习工程的课程，有些是必修课，有些是选修课。每门课都有自己的目的和内容。我喜欢微积分课和编程课，主要是因为它们很实用。操作系统也是我感兴趣的一门课，因为它向我展示了计算机如何处理问题、管理资源等。

并非我们所有人都学习相同的课程，但我们都寻求一件事：教育。我认为，我们在教育方面的很大一部分成就，不仅取决于我们在四年制学位课程结束时获得的证书，还取决于我们从四年制学位的经验中学到的知识。如果缺少任何一个，我认为这都是一个不完整的教育。我认为既获得证书又学到知识，才是一个好学生。这些经历对我们在大学毕业后的成就也有直接影响。这是我为在北理工学习而感到自豪的原因之一。我们不仅有机会学习不同的职业领域，还有机会作为生活在中国的外国学生学习和成长。这样才能成为会改变我们世界的人。我认为拥有这样的环境与我们的教育息息相关。

Q：有什么经验可以分享给大家？

一年前，我读了一个故事，讲的是一个年轻的中国男孩，他喜欢中国的武术。十八岁时，他去河南的一家寺院学习武术。当他到了那里，却不被允许和那些已经在那里的男孩一起训练，因为他们知道他是一个被抛弃的人。因此，他在没有师父监督的情况下独自训练。约九个月后，他的进步超过了很多同龄人。终于，他遇见了师父，并且希望可以成为师父的弟子，这样他就可以学会更多的武功了。师父同意了。后来，那个男孩就成了寺院最好的武术老师之一。

这个故事告诉我们，要热爱自己所做的事情。那个男孩尽管一开始被鄙视，但他没有放弃，而是自己刻苦训练，获得了师父的关注，并最终成了中国武术的推动者。希望大家明白，在任何情况下，每个人都会有学习的机会。

研究任何事情的最好方法是将概念问题分解为较小的问题，然后在基本水平上理解它们。一位著名的数学家曾经说过：“一个傻瓜能做的事，另一个傻瓜也能做。”这就告诉我们，世界上没有什么是难以理解的。

Q：对未来有什么规划？

我仍然有兴趣继续学习中文，我想掌握数据科学或人工智能。未来我想致力于中非之间的互联网教育技术发展及贸易咨询工作。

乔纳森，男，1996年生，北理工2016级计算机科学与技术专业本科生。

印象中国

［德国］吴海翎

中国多年来一直是发展最快的经济体之一，并且这个国家充满了活力。但除了这些客观事实之外，我眼中的中国是什么？

当我小的时候，我读了一本发生在故宫的书，是皇帝时代的一部小说。对我而言，书中的描述是我对中国的第一印象。当时我对中国的看法是：在世界另一端的某个地方，有一个古老而神秘的国家。在20世纪90年代的德国，中国的象征就是中国饭馆，正如我后来发现的，主要是广东菜。2000年以后，中国在欧洲报纸上获得了更多的头条新闻。报纸的头条是关于经济的快速发展，与国外的新关系等。高中毕业后，在经济危机的高峰期，我决定学习经济学和语言。因此，我开始学习“中国的经济和文化”。那时候我眼中的中国，就是小时候对中国的神秘印象、中国食品，以及与经济快速发展的头条新闻的混合物。

2017年我终于来到了中国，开始在北京理工大学攻读博士学位，通过一年多的接触，现在我对中国有了更深的了解。很多人问我：你为什么来中国攻读博士学位？你在德国没有好的大学吗？我想说，在北京理工大学我能够研究我感兴趣的领域。幸运的是在北京理工大学，我找到了一位导师，他不仅是能源专家，还很支持我的研究。我发现我真的很想研究能源。能源是中国的一大话题。例如，中国是世界上在可再生能源方面投入最多的国家。在北京，你会发现一个由能源行业、能源协会或在这个领域进行研究的人组成的庞大网络。每个月，来自世界各地的专家来到北京讲授能源。很多大学目前也在研究能源。最重要的是，我真的很喜欢北京这个充满机遇的大城市。这就是我选择来中国、来北京理工大学念博士的原因。经过近一年的时间，我可以说，是的！我对中国的了解越来越清晰。

说实话，我眼中的中国是不容易描述的。我还在学习汉语这门语言，还没有尝试过所有的中餐。中国还有很多我想去的地方。我还想结交更多的中国朋友。中国对我来说仍然是具有神秘色彩的国家。我想要了解更多关于这个大国的信息。我会在中国收集越来越多的经验，相信我对中国的印象将会变得更加丰富多彩。

吴海翎，女，1989年生，北理工校际交流生（2014.9—2015.7）；北理工2017级管理科学与工程专业博士研究生。

异乡求学路

［古巴］路易

中国有句谚语是：“既来之，则安之”。这句话对我的思维方式产生了深刻的影响。三年前，我有幸来中国攻读硕士学位，这是我专业学习生涯中最显著的成就之一。我一直相信，各领域的专业发展对全球当前的经济都具有重要的价值。这就是为什么我决定借此机会来到被广泛认可并且有着极高的教育标准的中国完成我的后续研究。我想要成为一名更优秀的专业人士。

北京是我到过的离家最远的地方。我对北京的第一印象是雄伟巨大的北京首都国际机场，它是一座令人惊叹的现代建筑。这三年来，在我往返学校和家乡的途中，这个城市和那些比我见过的要高得多的伟大建筑一直吸引着我的注意。

不得不承认，在来到中国之前我对要学习的新语言有点担心。以西班牙语作为母语，对我从小就开始学习的英语确实有很大的帮助。然而，新的体验似乎是完全不同的，因为新语言和我以前学过的语言完全不同。学习博大精深的汉语是一项相当艰巨的任务。我必须在此郑重感谢花了很多精力耐心教我的优秀的老师们。

随着时光的流逝，我开始对中国人以及传承了千年的中国文化有了更多的了解，开始品尝辛辣的美食，开始了解更多中国对人类这个概念的观点与看法。我了解到，中国以经济建设为中心，通过大胆的努力和改革，向世界展现了它的活力。中国通过对外开放和坚定不移的改革，创造了经济奇迹，提升了综合国力，增强了其在国际社会上的地位。

考虑到科学是繁荣发展的引擎，中国在科学技术上投入了大量的精力。虽然我在信息与通信工程领域已经接受了普适性的教育，但是在中国继续我的研究让我取得了不断的进步与超越，让我更深入地了解了通信领域的先进技术，如大规模MIMO和未来的5G移动通信网络标准。在这里，我也有机会能够与迷人的学术世界进行深入互动。在这个世界里，每个研究人员都保持着对学术不懈的追求和孜孜不倦的努力。

在国际合作领域，中国是世界上商业贸易往来十分活跃的国家之一。中国与拉美、加勒比海地区、非洲、欧洲以及亚洲等地区建立了稳固的经济关系，甚至与一些拥有着完全不同制度的国家与地区也建立了贸易关系。这说明了即使存在差异，合作也是可能的。现在，中国企业遍布全球许多国家，给贸易双方都带来了很大的益处。

总的来说，在中国生活是一种很独特的体验，这让我有机会去了解更多全球最有趣的一种文化。中国向我展示了关于人类的不同观点，以及为了成为更好的人如何发扬这些观点。当我想到中国时，我看到的是一个关注于自身发展的温和的民族，同时这个民族也将改变着这个世界。

路易，男，1990年生，北理工信息与通信工程专业硕士（2015.9—2017.7）；北理工2017级信息与通信工程专业博士研究生。

缘起北理·情定中国——波兰姐妹北理求学记

［波兰］司可凡　王诗琪

我们来自波兰。我们约定，到中国看看。

——题记

缘起2017

2017年3月1日我们第一次来中国，那时我们是交换生。波兰的格但斯克大学和中国的北京理工大学一直有合作关系，这给了我们去中国留学的可能性。我们的专业是中文和俄文，来中国之前我们就对中国文化非常感兴趣。在北京理工大学学习了一个学期之后，我们爱上了中国文化，爱上了北京，爱上了北理工。那时，我们什么都不了解，不知道怎么办。北京理工大学的老师们帮了我们好多，他们讲课很厉害，在学校学习的内容特别实用，老师们讲课的方式让我们进步很快；老师们也帮学生们办各种生活中的事，不管遇到什么事儿，他们都会支持我们。从那时起我们就想，一个学期远远不够，我们的目标是毕业后回到北理工继续学习。

情定2018

2018年9月3日，我们第二次来中国，这次，我们通过自己的努力，成了获得孔子学院奖学金的学生。我们打算在这里学习两学期。第一次来北理工时，家一样的感觉让我们有归属感，感到快乐。我们俩下定决心，一定要再回到这里。回到波兰后，我们选择在孔子学院学习，在波兰的孔子学院我们有机会从一位优秀的中文老师那里学习这门语言。学院老师鼓励和支持我们，尤其是感到困难的时候，他们鼓励我们继续努力。经过努力，我们成功通过了HSK考试，可以再次回到中国了！

在中国，我们可以亲眼看到在书本上学过的东西，来中国以后我们对它们有了更多的直观了解。我们参观了很多名胜古迹，感到震惊和兴奋。我们可以看到北京的生活是怎样的，这里的建筑非常摩登和巨大，亲眼看到之后，我们都很赞叹。我们觉得这就是我们梦寐以求的生活场所。我们知道，这里有最好的机会，我们可以更好地了解中国文化，这对我们来说非常有吸引力。

在北京理工大学除了上课以外，我们还有机会参加各种各样的文化活动、比赛等。上个月我们刚刚参加了中国国家汉办举办的配音比赛，我们像明星一样在专业录音棚录像，这是从来没有过的经历，给我们特别新的体验。比赛中我们为了准备《归来》电影的配音，每天都练习。我的汉语声母总是说不好，辅导我练习的老师就一直帮助我。结果现在比赛结束了，我们还记得怎么正确说那些词汇。真是神奇的影响！我特别感谢中国国家汉办，感谢北京理工大学，不仅给了我们机会了解中国传统的东西，还让我们看到好多美丽的表演。

孔子学院的项目是个好机会，我们从中了解的中国文化和历史，这些知识是用钱买不到的。我们天天学习，每天都在进步。中国有句话说得很好：好好学习，天天向上。

相约2019

未来我们要不断努力提升自己的汉语水平，深入了解中国的文化和经济，去努力实现自己的梦想，追求自己的未来。如果我们能拥有良好的语言技能，明年我们打算在北京理工大学考取经济和国际贸易方面的硕士。这个话题真的让我们感兴趣，特别是“一带一路”的倡议正在不断深入和发展，我们相信能有机会参与到这样一个伟大的项目当中，将是我们最美好的愿景。

总之，在中国学习是我们一生最大的机会，也是最快乐的时光。

司可凡，女，1996年生，北理工校际交流生（2017.3—2017.6）；北理工汉语进修生（2018.9—2019.6）。

王诗琪，女，1996年生，北理工校际交流生（2017.3—2017.6）；北理工汉语进修生（2018.9—2019.6）。

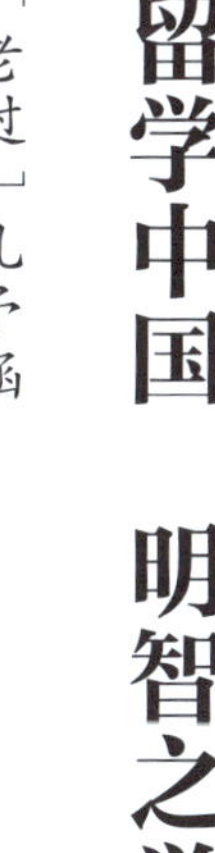

留学中国　明智之举

［老挝］孔予涵

2017年9月中旬，告别家人与朋友，我踏上了一条遥远但充满希望的路——留学中国。

漫长的旅途结束后，我来到了这个陌生的国度。离家的惆怅与探索新世界的小小兴奋交杂在一起，一言难尽。现在想起来，印象仍然很深。

留学中国，我实现了梦想的第一步。

相信很多在中国留学的学生都会被问到如：“留学中国的意义是什么？”类似这样的话题。对我来说，有机会作为留学生深入中国，学习这里的大小事，体会中国的灿烂辉煌，这都是非常难能可贵的。

留学中国意义之一：语言就是实力。

随着中国经济在世界上影响力的加强，汉语毫无疑问地成了世界公认的流行语。无论是商业领域还是文教行业，会汉语的人都特别受欢迎。对我而言，汉语是我以前从未接触过的新语言，听不懂、说不出、写不成，到了中国只能微笑。但是在获得中国政府奖学金以后，我有机会在北京理工大学接受专业细致的语言培训，这实现了我“学好中国话，走遍天下都不怕”的梦想。

另外，让我感到惊喜的是，留学中国，不仅让我掌握了汉语的听说读写，还提供给我一个小小“联合国”。北京的国际化，让我接触到了来自世界各地的人，我们平时除了一起学习汉语以外，我们都用英文沟通，所以在不知不觉中，我的英文水平有了显著提高。

留学中国，给了我实现中国梦的机会，认识世界的机会，在原汁原味的环境里生活学习的机会。

留学中国意义之二：独立能力的增强。

如果我们到了一个举目无亲的地方，也看不到几个同乡同胞，往来都是陌生的国际面孔，那么找房子、认路、乘车、购物、解决一日三餐、看病就医，这些过去依赖家人所做的事情就都变成了自己要独立完成的事。这让很多在家习惯被照顾得无微不至的90后、00后都倍感生活艰辛。不过，我觉得是个好事，因为自己处理这些问题让我更加自信了，我不仅能照顾好自己，还可以自信地去照顾别人。甚至可以这样说，如果你想在中国发展一段浪漫的爱情，那么

就请经营好你的中国生活吧！

留学中国意义之三：全新的生活体验。

中国的环境问题比较让人担心，比如空气污染什么的，这是中国经济超速发展的代价，也是每个快速发展的国家所必经的过程。但是，这样的国际性问题给了我们年轻人寻找并解决问题的机会，培养了我们的环保意识，和保护环境的价值观，这是有长远意义的。而且，在中国生活的这一年，我发现北京的蓝天越来越多了，我们从中国政府治理环境污染方面的决心和方法中学习到了很多有价值的经验。

留学中国的意义有很多，每个人留学的目的也不同。有的人追求更好的教育，有的人追求更安逸的生活，有的人追求更国际化的发展环境，有的人追求更多元化的就业机会。不管你的梦想是什么，都欢迎来中国留学！中国可以开阔你的视野，发挥你的才能，让你变成一个独立坚强，能应对一切挑战的人！

孔予涵，女，1985年生，北理工汉语进修生（2016.9—2017.7）；北理工理论经济学专业硕士（2017.9—2019.7）。

梦想从北理启航

[尼日利亚] 王杰

我是一名尼日利亚女孩，目前是北京理工大学一名本科生。我很庆幸在中国留学，因为我收获了很多。

在来北理工留学前，我就决定学习国际经济与贸易专业，因为我知道选择这个专业将使我在未来获得更多的机遇。我选了中文授课班，选择这个中文班很有挑战，但特别值得。特别是刚开始的时候，用汉语学习专业对我而言不是一件容易的事。大二是我专业学习最困难的时候，但是通过预习、学习和自学，我能够拿到好成绩。

时间过得真快，都到了我在北理工学习的最后一年，我从这个专业学了很多东西，有了一个完整的大学体验。老师们都很好，热情、敬业、善于工作。老师们不仅教我们汉语和理论方面的知识，还给我们自己思考和做研究的机会，给我们在毕业之前实习的机会，用最好的方式教我们。通过老师的介绍，我得到了一个项目执行助理的实习工作，给大企业安排招聘的所有流程。在实习过程中，我不但锻炼了沟通能力、分析能力、管理能力，在计算机方面也进步了，还了解到了更多企业招聘的注意事项，收获特别大。通过学习国际经济与贸易专业，我发现自己很擅长这个专业。

在过去的几年里，我不仅在课堂上学习，还在课堂之外学习。我参加了2017年10月的北京友好城市青年交流营；2018年9月的亚非青年联欢节，在那里我遇到了来自世界各地的不同背景的年轻人。我对经济、青年、创业、创新等方面很感兴趣。就在最近，我有机会在北京理工大学的"百家大讲堂"听了原中国驻尼日利亚等国大使、现任中国和平发展基金会秘书长徐建国的讲座，他谈到了中国的外交以及其他有意思的课题。都是为了促进中非国际合作、信息交流、资源共享的活动。这些都使我对我的专业有了更深切的认识。

我的第一学位只是我的开始，每天我都被我的理想叫醒，在这所学校学习这个专业有助于我实现我的梦想。留学北理工帮助我认识到我的身份，我想成为什么样的人，并帮助我成为那样的人。

王杰，女，1996年生，北理工国际经济与贸易专业本科生（2015.9—2019.7）；北理工2019级工商管理专业硕士研究生。

童年梦，中国梦

[波兰] 朱丽思

我还记得七岁时父母买给我的第一本图集，这是一本介绍各个国家文化等内容的图集，那时候冬天一般比较冷，我们都整天待在家里。那本图集对我和姐姐来说意义重大，它影响了我们俩以后的生活。当时我和姐姐最喜欢做的事情就是看完图集后跑到世界地图前兴高采烈地谈论我们所想去的地方。我姐姐一直说未来的她一定要去环球旅游，参观所有的名胜古迹，而七岁的我跟她完全不同，我坚定地说："我要去中国！"

十几年以后，十九岁的我飞往了北京。飞机快要起飞时，我开始纠结了，一方面是高兴，一方面又觉得有点儿后悔。高兴的是我终于实现了十几年前就许下的梦想，终于可以去中国留学了，后悔的是我害怕离开国家，离开家乡，害怕去新的地方。按照大学的规定，中文专业的学生可以去中国留学一两个学期，因为我的担忧，我决定只留学四个月，然后尽快回家，没想到来北京理工大学两个星期之后，我的这一看法彻底改变了——我决定在这里留学一年。

北京理工大学的留学生中心是世界民族大融合的一个缩影。各国有其代表，而所有的“代表”虽然肤色不同，文化不同但都相处融洽，亲如一家。在北京理工大学我不仅加深了对中国文化的了解，还学会了许多关于其他国家的知识。我在北京理工大学结识了很多新朋友，在这里也收获了自己的爱情。我和男朋友来自不同的国家，有着不同的文化，但我们还是相依相恋，让我真正体会到爱情是可以跨越国界的。也正是因为北京理工大学，因为我的男朋友，我决定留学一年后申请在中国读研究生。

为了实现这个梦想，我要先从格但斯克大学毕业。读本科的最后一年对我来说是很难的，我无时无刻不在思念着留在北京的男朋友，无时无刻不在想念北京的生活。难过的时候，学习是最好的办法，我只好全身心投入到学习中。那时我的老师说服我去参加汉语桥的比赛，我获得了波兰的第一名。这次成功的经历增强了我的自信。在奋斗中时间过得很快，不知不觉一年就这样过去了。

谁能想到，结束论文答辩的第二天我已经在北京了！

那时我还不知道我能否拿到中国政府奖学金，能否留在中国，一切都是未知数，但我不管了，因为我的心早已属于中国了。

谁能想到，我真的成功地回到北京理工大学继续读书了！

现在我的研究生生活隆重开始了，每天看厚厚的专业书，跟老师同学讨论专业问题……我感到很充实很满足很兴奋，每天都乐开花，信心满满地面对生活。

谁能想到，我的童年梦、中国梦，都实现了！

同学们，一起努力吧！因为有梦想才有花开！

朱丽思，女，1996年生，北理工校际交流生（2016.9—2017.6）；北理工2018级应用经济学专业硕士研究生。

学在中国，乐在中国

［俄罗斯］亚历山大

北京初体验

我是一名俄罗斯留学生，目前在北京留学。我眼中的北京是一个非常繁华的大都市，同时它也有很多很古老的建筑物，有很多中国传统的食物。北京人都非常地热情，在街上问路，他们都很热情地帮忙，有的时候甚至自己带着我去那个地方。我遇到的同学们也都非常热情，他们会很热情地帮助我，我很喜欢他们。我去过北京很多好看的地方，像故宫、天安门、香山、长城等，我也吃过很多中国传统的食物，比如烤鸭，豆汁和卤煮等。

北京的很多道路很宽，但是北京的交通却很拥挤，人们上班的时间经常会发生交通拥挤的情况，我就遇到过一次两个小时的堵车。地铁上人特别多，非常挤，中国人不说乘地铁都说挤地铁。在北京，很多事情都很便利，比如街上的共享单车，外卖，你可以很方便地骑着共享单车去任何地方，外卖也可以让你在任何地方都能获得你想要的食物。还有支付宝和微信，真的非常便利，只要有手机，到任何地方你都可以买到想要的东西。

我很喜欢北京，在北京我遇到很多我喜欢的人，去了很多有趣的地方，北京很发达，这里不少人都会说英语，我生活在这里真的很开心。

汉语真奇妙

学习汉语真的很难，汉字有很多字很像，但是意思不一样，很容易记错。汉语发音也跟英文不太一样，每个字都有自己的读音，很难记。有的字还有好多不同的意思，如果弄错了，想说的语言就会不一样。比如汉语里的"东西"，它有指示方向的意思，也有物品的意思。要想分清这些汉字真的不简单。中国的成语就更难了，我刚开始真的一句成语都不知道，别人跟我说，我也听不懂，不知道成语的意思，更不知道成语该怎么用。现在我已经学会了几个成语，比如"一劳永逸""守株待兔"。学习汉语也是很有意思的一件事，特别是用汉语跟中国人交流，我觉得他们说得很好听，北京人喜欢用儿化音，我也特别喜欢，以前的一个中国朋友还专门教过我。中国的成语都有故事，我很喜欢读，都是中国古代的故事，可以了解中国的传统文化。我觉得我的第一个汉语老师非常好，对我很有耐心，给我的汉语学习提供了很多帮助，我很感谢他。

平时休息的时候我很喜欢去北京的广场散步，还有各种市场，去那里可以见到许多有意思的居民，看看他们的日常生活，听听他们的语言交流，这对我融入中国人的生活，学习汉语非常有帮助。

来中国就对了

我的专业是MBA，中文意思是工商管理硕士。这个专业属于管理学的分支，包括了很多很多专业，比如工商管理、市场营销、会计学、财务管理、国际商务、人力资源管理、审计学、资产评估、物业管理、文化产业管理等。在这些专业里我最感兴趣的是文化产业管理，这也是我来到中国学习的原因之一。中国是一个非常有文化内涵的国家，有非常丰富的文化资源，历史文物，神话传说等，有的已经被开发出来，并且得到了很好的利用，但还有很多很多没有被重视。中国是一个非常让人向往的大国，中国的教育和经济，都深深地吸引着世界上各个国家的人。同样的，中国的现代文化也深深地吸引着世界上各个国家的人。我想通过自己的努力，让更多的人了解中国这个神奇的国家。这些专业中，我不太喜欢的是和数学有关的统计学专业，我感觉学起来很难，作业也很难，但是我知道这门课很有用，也是每个MBA学生必须学好的专业，所以我也要认真地学习它。总的说来，我很喜欢自己的专业，我们专业的老师讲课也讲得非常好。

一句话，我很享受在北京的生活，这里不仅有非常悠久的文化，还有我的追求，我已经跟中国分不开了，我爱中国！

亚历山大，男，1990年生，北理工工商管理专业硕士（2017.9—2019.7）。

圆梦在中国

[越南] 阮青蓝

"这个城市什么都很快。"这就是我第一天来北京的感想。

2017年，18岁的我离开越南河内来北京留学。我本来从小就住在首都，已经习惯了大城市快节奏的现代生活，但是北京真的让我大吃一惊。无论是文化还是生活方面，在我眼里北京都是一个繁华、热闹的大都市。有高楼大厦、繁荣的商业街，但是对传统建筑，中国人还能把古老的东西保留下来，这是一个"很北京"的特点。他们珍惜这些美丽的文化传统，不停地发展，向外传播。可以说，中国的发展不只是在经济方面，还在社会文化方面。

后来，我渐渐地适应了北京的生活，认识了很多中国朋友，我才知道怎么有今天的中国。中国从改革开放到现在已经四十年了，政府不停地提高人民的生活质量。他们对孩子的学习很重视，对教育的投资比较多。所以我觉得自己特别幸运才能在这么好的环境下学习，积累知识、经验，还可以去了解古老的文化。我朋友说，中国在每个方面都采取各种各样的政策，给人民带来更好的生活。国家把每个人的利益都放在第一位。

在我的学校，老师和同学都给予留学生们很多帮助，我有什么不懂的地方，或者遇到困难，他们都理解我，尽力帮我。简单地说，北京理工大学就像我的第二个家，我把每位老师，每位同学都当成亲人对待；他们也一样，都陪着我走过每个旅程，让我越来越好，进步越来越快。给我留下印象最深刻的事就是我生病的时候不能上课，同学们把上课的全部内容帮我记下来，而且还很耐心地给我讲解不懂的地方。他们有什么好吃的，好玩儿的都跟我分享，一起上课，一起下课，让我在北京度过的每个日子都很快乐，幸福。我会好好儿珍惜这段美丽的时光，把它放在心里。

第一个学期结束之后，学校的领导来看我们，问我们有没有遇到什么困难，教我们怎么面对它，克服它。我们一起分享了很多事情，老师会听我们的故事，我们也很认真地听老师讲。老师说我们这个年级很幸运，因为这几年北京在进行改革的最后一步，我们可以亲眼看见北京的最大的变化，会看到北京的奇迹。希望我们留学生能多多交流文化，当好两国之间的友谊桥梁，一起再往前走，一起加油。

明天的北京会比今天的更好，我的梦想在北京！

阮青蓝，女，1999年生，北理工2017级自动化专业本科生。

中国，我的梦

［韩国］崔瑛瑞

"迎接另一个晨曦，带来全新空气。气息改变情味不变，茶香飘满情谊……北京欢迎你，为你开天辟地……"

每当听到这首歌，中国人一般就会想起第29届奥运会在北京召开的精彩瞬间，而我想到的却是2015年的春天。

那年5月我参加了由韩国政府主办的韩中青年交流活动，负责拍视频兼做导游。活动参加者主要是北京高管，150个人左右，分在5个组。由于他们的年龄比我大一些，所以我以为我们应该保持适当的距离。

活动安排了7天的日程，主要是去一些重要城市调研，旨在深化务实合作，推进交流。然而第一天接机时我便遇到了难题——我听不懂他们说的话，有些紧张。后来看到他们喜欢拍照片，而且跟我们也一起拍了很多，我的担心逐渐消失了。

我们去了首尔明洞。明洞位于首尔市中心，是韩国最具代表性的购物一条街。事实上由于日程太满，我们有些疲惫。但是我们没有表现出来，不想让他们失望，而他们也特别关照我们，是他们的关照温暖了我的心田。

最后一天的欢送会上我们也唱了《北京欢迎你》——第一天欢迎会上他们演唱的歌曲。因为我们觉得即使我们是不同的国家，有不同的想法和表达方式，但我们有同一个梦想，我们在一起度过了一段美好的时光。离别总是让人伤感，我们约定，如果有机会的话，一定要去北京找他们，以“同一个世界，同一个梦想”为主题。

是的，我终于实现了我的梦想，在2016年来到了北京。虽然是第一次来，我却没有多少陌生感，因为这里有我的朋友，那些曾在韩国相遇的中国人。我们常常聚会，互相交流，他们的每一句话、每一份关心都对我产生了莫大的帮助，很难想象他们中的很多人是公司的老板。在忙碌的生活中不断地为我解决难题，让我很快就适应了北京的生活，给了我很多力量。

没错！北京堪称是心灵的故乡。我们一生中会遇见很多人，“相识是缘”，尽管这些常常是转瞬即逝的缘分，却能给我们的生活带来无尽的乐趣。因为与朋友的约定，我来到北京；在与老友相聚的同时，我不断地认识着新的朋友，丰富着我的北京生活。

“不管远近都是客人，请不用客气，相约好了在一起，我们欢迎你……”

崔瑛瑞，女，1993年生，北理工汉语进修生（2017.9—2018.6）。

中国，我梦想起航的地方

［津巴布韦］陈天

俗话说“读一书，长一智”，学习一门外语，会进入另一个世界，我从很小的时候就明白了这些道理，所以我一直希望能学会一门外语，了解到别的国家的文化。小时候，我常常看成龙的功夫片，虽然电影里说的话我一句都听不懂，但我喜欢模仿他们说话，觉得很有意思。从那时候起，学好汉语就成了我最大的梦想。

2017年6月28日清晨，我收到了来自中国国家汉办的邮件，通知我拿到了北京理工大学孔子学院奖学金。“我终于拿到奖学金了！”欢天喜地的我不由得大喊了几声，能来中国留学是我最大的快乐。

自从在北京理工大学学习汉语以来，我的汉语水平不知不觉提高了很多，今年年初我便通过了HSK五级和HSKK中级。现在我的汉语水平是当初在津巴布韦时无法想象的。

到了中国，我常想，既然已经本科毕业了，我就得仔细地考虑一下自己的未来，一定要慎重决定。以前我一直以为自己有很多选择的余地，很容易就能做出一个决定。不料，做决定难就难在有太多的选择，路旁的岔路越多，走错路的可能性就越大。我们未来的路还很漫长，一旦选错路就会终身悔恨，要付出很大的时间和经济成本。于是，那段时间，我为了能做出不让自己后悔的选择而绞尽脑汁。

大部分年轻人遇到这个问题的时候，会争先恐后地选热门专业，可依我看，想有一个理想的未来，最好是选择一个适合自己的专业。尽管我感兴趣的专业不少，但是我早已把学好汉语当作自己的梦想，无论其他专业多么有诱惑力，我都不会变心。因此，经过慎重考虑之后，我下决心申请攻读汉语国际教育硕士专业，这样一来，我就能继续追求自己的梦想了。

我的祖国和中国很久以前就建立了友谊，随着两国友谊的发展，两国之间的合作范围越来越大，因此两国的人才交流也越来越广泛，这是我想继续学习汉语和中国文化的最重要的原因。可是，由于两国的文化差异，我们两国的友谊发展可能会遇到一些阻碍，比如一些当地人对中国的认识非常片面，甚至一无所知。我们缺少精通两国语言、能教彼此文化的人才，因此，我要更加努力地学习汉语和更多的中国文化知识。

在研究生学习期间，我不仅要掌握更多的中国文化知识，还要认真钻研教授汉语的科学方法。希望我有更多的机会深入体验中国文化。毕业以后，我打算回国，在津巴布韦开办中文教学中心，教更多的津巴布韦人汉语和中国文化，成为增进两国友谊的桥梁。

陈天，男，1993年生，北理工2018级汉语国际教育专业硕士研究生。

甜蜜的羁绊

［孟加拉国］麦菲莉

缘分，可遇不可求，而绵延不断的缘分，更是难寻。2015年9月，中国政府奖学金帮我开启了我与北京的缘分。我来自孟加拉国，那是亚洲南边的一个很小的国家。在我们国家，运气和实力都很好才有机会得到中国政府奖学金，能来北京学习，除了这两点，我觉得冥冥之中我与北京的缘分也在帮助我。

缘分第一站停靠在了首都师范大学，在首师大学习的一年里，我从一个“中文盲”开始，慢慢成长为“初级北京通”。刚开始学习汉语的时候，我没有自信，也不敢开口说话。有一天，我去超市买东西，当我打算买鸡蛋的时候，我怎么也找不到卖鸡蛋的地方。正当我像没头苍蝇一样乱转的时候，一位拎着鸡蛋的老先生路过我身旁，我立刻叫住了他，“您好！请问，在哪儿卖鸡蛋？多少钱？”没想到他刚听完我的话就一脸害怕，“我不卖，我不卖！”话音还没落人就走了。我掏出随身携带的小镜子，左照照右照照，不丑呀，怎么还把人吓跑了呢？最后我在超市服务员的帮助下买到了鸡蛋。

回来以后跟老师说起这次经历，老师告诉我，应该是“在哪儿买鸡蛋”，而不是“在哪儿卖鸡蛋”，那位老人应该是误会了我的意思，以为我想买他的鸡蛋。我恍然大悟，原来不是因为颜值，而是因为声调。这次经历让我了解到，汉语的声调真的是关乎生活的大事啊！

在北京的第一年，我不但学习到了很多汉语知识，也越来越了解北京，八达岭长城、天安门、故宫……到处都有我和朋友们的欢声笑语。我觉得，每一个来中国的人甚至是每一个中国人，都应该去长城看看，在那里可以触摸最真实的中国历史，可以欣赏最美丽的中国风景。

缘分第二站停靠在了北京大学，这一年，我从一个“初级北京通”变成了一个“深度北京迷”。在这个有着百年历史的高等学府，我像一块海绵一样，不断吸收着各个方面的知识。北大带给我的除了知识，还有难以用语言描述的魅力。这里有四季都像风景画一样美丽的未名湖。期间我还去动物园参观了国宝级动物——熊猫。可爱的熊猫、秀丽的北大，还有北京的四季、四季里的美食、美食后忙碌的人们，都让我深深迷上了这座城市。有人说，北京人生活节奏太快，工作、学习、生活都是忙忙碌碌的。在我看来，在人群中川流不息，向着目标前进的北京，才是最有魅力的。

缘分第三站停靠在了北京理工大学，这次我与北京的“羁绊”更深了，从仅仅学习语言，到用所学的语言学习专业。我的理想就是四年以后，不但要成为专业技术型人才，还要成为“高级中国通”。如今我生活在良乡校区，良乡远离北京市中心，风景优美，四季如画，让我看到了北京的另一面，温柔又亲切，像北理工的老师们一样。

在北理工，我有了更多深入探索北京的机会。跟随老师们一起欣赏植物园的春，感受颐和园的夏。和朋友们结伴探寻历史的“隧道”——胡同，畅游美食的天堂——王府井。我特别喜欢王府井，对外国人来说，那儿就像是北京的缩影，古典和现代的完美结合。在王府井，我尝试了很多第一次，记忆非常深刻。最近，我终于去了北京奥运会的举办地，鸟巢。那是一个非常宏伟又美丽的建筑，虽然我没能现场观看2008年的比赛，但是通过鸟巢，我仿佛回到了十年前的北京。

如今我与中国的缘分在北京理工大学依然延续着，我相信即使在四年后，这缘分也不会断。

中国，是我永远的羁绊，甜蜜的羁绊，幸福的羁绊。

麦菲莉，女，1997年生，北理工2017级计算机科学与技术专业本科生。

博大精深的太极拳

［喀麦隆］李小龙

我对中国文化特别感兴趣，中国文化给我留下了深刻的印象。我喜欢中国武术，这一点您可以从我的中文名字猜到，我尤其喜欢太极拳。来中国之前，已经了解了一点太极拳，因为有很多电影中都有太极拳的展示。我很早就喜欢上关于太极拳的电影，所以来到中国之后没犹豫就报名参加了我们学校太极拳的兴趣班。我之所以对太极拳感兴趣是因为它的原理符合我的性格。

先来说说太极拳的原理。练太极拳，可以强身健体，可以改变性格；它的动作很有魅力，很柔和也很强劲。怪不得很多中国人，不管是年轻人还是老人都喜欢打太极拳。我开始练太极拳的时候，我的身体和精神发生了很大的变化。我能感觉到一种精神平静。打太极拳的人遇到任何问题，一般会用柔和的态度对待这个问题，他们说话轻轻柔柔的。中国有一个词叫"以柔克刚"，这就是说对待一个问题要用柔和的方式解决，而不采用暴力的方式。太极拳的基本原理正是包含了这个。

开始学习太极拳的时候，我不太明白一招一式。我觉得很复杂，幸亏老师很有耐心。虽然很难，但是因为我对它很热情所以不觉得累。而且很有幸的是我们的功夫在学校新年晚会上得到展示的机会。我现在还记得当时的情景，马上就要出场了，老师给我们整理检查了服装和道具。我虽然打了很多遍，但还是特别紧张。上台后看到台下那么多亲切的同学，我的紧张感忽然消失了，非常完整地做完了动作。大家都给我们拍照鼓掌，我和伙伴们高兴极了，没想到我这个非洲人还能在中国表演太极拳。我无法描述内心的感受，可以说那一时刻有一种梦想成真的感觉。

太极拳已经深入我心，可以说现在我对太极拳也不是外行了，走在路上或者在公园里，只要看到有人打太极拳，我就会驻足欣赏。有一天我在学校散步时看到一群中国学生正在打太极拳，哇，太妙了，他们的动作协调，一招一式都摆得很好，很集中，非常好看。我真佩服他们，原本我以为自己学过的动作已经够了，看了他们的表演我才发现还有很多要学的，于是我下决心继续练太极拳。

中国历史悠久，中国文化博大精深，太极拳只是中国文化的一部分，我从太极拳上深深感受到了中国文化的美和魅力，我被深深地吸引了，我相信还有更多像我这样的外国人会被中国文化吸引。今后我要通过自己的学习，将这么好的文化传承和发扬出去。

李小龙，男，1990年生，北理工2018级汉语国际教育专业硕士研究生。

外国脸 中国心

［突尼斯］阿曼

我是1998年在菲律宾出生的，在我3个多月大的时候，父母把我带到了中国，从此我就再没离开过这片土地。父母的家庭都是贫困背景，所以那时他们决定到中国开始他们的新生活，因为他们相信，这里有更好的机会，可以过上更好的生活。

刚开始的时候，由于语言障碍，沟通是我父母遇到的最大问题。因为我从还不会说话的时候就开始在中国生活，对语言也特别灵敏，从很小的时候开始我就是他们的袖珍翻译。我收到了无数的赞美，中国人说我的汉语特别流利，听起来像一个北京人。

我在中国最怀念的记忆是童年时期，当时我住在一个不那么小的小区，叫“朝阳公园西里北区”，我们是住在那个小区里唯一的外国人。我清楚地记得，父母是如何担心他们会像看外星人那样对待我们，尤其是如何对他们唯一的孩子。但那里的居民是如此的善良和慷慨，特别是有两个老夫妇，他们在我的眼里就是我在中国的祖父母。虽然邻居和我的父母在沟通上特别困难，但是通过耐心地解释，他们学会了互相理解。当我住在那里的时候，他们教我们怎么交流、怎么做好吃的中国菜，鼓励我们参与他们的文化活动。

中国的文化丰富多彩。我最喜爱的节日是中秋节。因为美味的月饼和节日的传说——嫦娥与后羿，这个传说特别吸引我。我从小就对神话特别感兴趣，尤其是中国的神话，小时候，小区的爷爷奶奶们会给我讲各种有趣的中国神话。

我那些生活在国外的亲戚朋友们认为这里的人们都穿着传统的衣服，比如旗袍之类的。但自从我向他们展示了中国的真实面貌后，比如各个方面的多样性、丰富的文化和传统，尤其是好吃不贵的食品，他们就特别想来中国了，还求我当他们的导游。

虽然我几乎从小到大都在这个环境里生活，但是中国这些年的发展实在是太快了，很多时候我甚至觉得我的思维难以保持与周围的环境相适应，但是，无论如何，中国一直在进步是不可否认的事实。

虽然我是一个外国人，但我从来没想过离开中国的生活，因为中国血液已经深深流淌在我的身体里了，我属于这里，中国就是我的家。

阿曼，男，1998年生，北理工2017级计算机科学与技术专业本科生。

携手《论语》 乐知中国

[尼日利亚] 托马斯

我与中国的故事是在2015年，刚开始学习汉语的时候开始的。

开始学汉语就像走进了一个完全不同的世界一样。我还记得第一次上课，老师讲课的内容对我来说都是之乎者也。后来通过自己的努力和老师们的帮助，我慢慢地了解了汉语这门语言。

汉语对我最大的影响是什么？汉语让我站得更高、看得更远。其间让我感到最快乐的是能够与《论语》携手同行。记得最早学习的《论语》名句是："温故而知新，可以为师矣"，还有"三人行，必有我师焉；择其善者而从之，其不善者而改之"。

汉语不仅让我能和中国人顺利交流，还让我知道怎么言简意赅，提纲挈领地回答问题。比如：如果有人问我关于对待知与不知的态度，我会这样回答："知之为知之，不知为不知，是知也。"如果有人问我关于我生命的意义，我会说："吾十有五而志于学，三十而立，四十而不惑，五十而知天命，六十而耳顺，七十而从心所欲，不逾矩。”《论语》啊，实在是太给力了！

现在我无论到哪儿，永远都不会忘记教我《论语》的方老师和教我“成语”的胡老师。她们让我真正了解了“有朋自远方来，不亦乐乎。”的含义。跟随两位老师学习汉语，是我的荣幸。在学习汉语的过程中，如果遇到困难，我就会想起胡老师教我的第一个成语：愚公移山，这个成语督促我继续努力；每当读书感到累的时候，我就想起方老师教我的“学而不厌，诲人不倦。”

我觉得学习汉语越来越有意思，如果能把《论语》和成语学好，会如虎添翼般实现我跟中国人谈天说地的梦想。我希望能把汉语学得更好，以后成为中尼文化交流的使者，然后让全世界更好地了解中国和尼日利亚。

在我去过的国家中，给我印象最深的无疑是中国。我在别的国家旅行的时候，看到了好多美丽的风景、好多好看的东西，但在中国的时光不一样。在中国，我不仅看到了好多好看的东西，还享受了每一个时刻，我在中国待的时间不长，但感觉已经在这生活很久了。

中国人是什么样的人呢？很重视文化、很有决心、积极进取、对外国人很热情。我还记得刚到这儿的时候，有些中国人即使不认识我，因为热情也会拥抱。中国人一看到外国人就很想和他谈天说地，问好多问题。比如：“你是哪个国家的？”“你们国家热不热？”“我们中国用人民币，你们国家呢?” 通过这些交流，加深了我和中国朋友的友谊，也加深了我对中国的了解。

学习《论语》等中国经典著作使我受益匪浅，除此以外我还走出校门，走遍中国体验中国各地特色。首都北京是国际大都市，影响力不用说。走进西安，就像走进一个完全不同的世界一样。为什么呢？因为西安是中国古都之一，是中国的历史博物馆，走进西安，就是走进中国的历史。而走进上海，对我来说就像走进一个未来的世界一样。上海很发达，建筑绚丽高大、环境干净美丽，两只眼睛都不够看。

在边学边走中，我也了解了中国的风俗习惯，比如：如果想和比你大的人一起吃饭，让他先开始吃；想吃饭的时候，让最重要的人坐在朝门的那个座位；请客的时候，要等你的客人先吃完饭，你再放下筷子……

中国文化真是让我一辈子也学不完，我很喜欢中国文化，希望以后更熟悉中国文化。这样的话，中国人一定会跟我说："虽然你是外国人，但你不是外人。"

托马斯，男，1994年生，北理工2018级汉语国际教育专业硕士研究生。

沐浴阳光　温暖前行

［乌兹别克斯坦］苏毕

随着中国经济的发展，中国与世界的联系愈发紧密，越来越多的外国人来到中国学习、生活、旅游、就业……当然我也是其中一个，在这里我遇到了很多让我感到温暖的人和事。

刚来到这里时，我就被中国美丽的自然风光、悠久的文化以及诱人的舌尖美食吸引住了。中国人的生活方式、社会的治安管理、百姓的高素质，以及中国的快速发展，都让我十分惊喜。我逛过了王府井、故宫、秀水街，爬过了长城，尝到了好吃的中国菜，其中最爱的还是北京地道美食——烤鸭，好吃得巴不得天天吃。

当然，留学生活也不是一帆风顺的，前两个月的生活让我最不适应，习惯了慢生活的乌兹别克斯坦小伙儿很难适应北京的快节奏。吃饭要快，起床要早，坐车要跑……我不得不收起自己的懒散，适应这种高效率的生活。除此之外，我还遇到一个难题，那就是中文。在中国生活学习，学会中文是很有必要的。我报名参加了北京理工大学的汉语班，老师们都会很耐心地回答我的问题，同学们也都很热情，虽然我因为汉语不好，闹过很多笑话，但他们还是会细心帮助我纠正发音或者用词不当的地方，我的汉语水平有了很大的进步。

自从我突破了语言的难关，我在中国的生活简直方便得不可思议！我可以上淘宝网购，在网上点外卖，还有微信支付、支付宝、共享单车、滴滴打车……中国人生活的便捷程度真的让人太惊喜。

在我们国家，人们依然习惯使用现金或信用卡，中国人现在只通过一部智能手机就能应对日常生活的各种消费。记得有一次，我的好朋友从乌兹别克斯坦来看我，我带他去吃中国美食，还去买了一些纪念品。回来的时候我们用滴滴打车，司机师傅把我们送回学校，但我好朋友的手机丢在出租车上了。当我们还没有意识到手机丢了的时候，却很快接到了司机师傅打来的电话，在电话里他还道歉说他着急去接下一单，所以没及时查看后座有没有手机，当时我真的特别感动。在北京经常能遇到这样的好心人。同时我也在想，这或许也是科技的力量吧，如果我们当时只是在路边打车，可能司机师傅也不会有我们的联系方式，想还给我也心有余而力不足。有了滴滴打车，真的是既方便又安心。

来中国的这段时间，太多的事情让我感到幸福，在一个处处充满爱的地方生活学习，让我每天都像沐浴在阳光里，非常温暖。我很喜欢中国，也很喜欢中国的一位企业家——马云，他说过一句话，“今天难，明天更难，但后天会非常美好。”很感谢帮助过我的每一位中国人，希望你们能开心顺利地过好每一天，我们在中国一起努力，好好生活，让北京理工大学和中国变得更美好！

苏毕，男，1993年生，北理工计算机科学与技术专业硕士（2016.9—2018.7）。

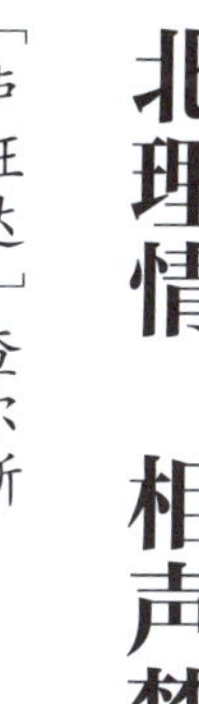

北理情　相声梦

[卢旺达] 查尔斯

大家好，我叫Cyiza Charles，中文名字叫查尔斯，来自美丽的丘山之国——卢旺达。

我是2007年到北京理工大学留学的。读了一年预科后，接着读完了本科，后来又继续攻读硕士。记得刚到预科班时，第一次出远门的我对中国充满了好奇，但是好奇归好奇，我要先学好汉语才有资格继续我的学业。多亏了汉语老师，我们说出了第一句中文，写出了第一个汉字。从那一刻起，我对汉语产生了浓厚的兴趣，汉语是这么吸引我，不论课上还是课下，我都认真地学习汉语知识。

我很幸运地参加了2013年北京外国留学生汉语之星大赛，那是在北京所有留学生们的汉语竞赛，比赛非常激烈，没想到我在初赛、复赛、半决赛一路闯关，最终在决赛中获得了"汉语之星"的称号，那也是我们学校第一次得到这个奖项。我非常感谢北京理工大学给我们提供了学汉语的好环境，还让我们跟着这么优秀的老师学习，我的汉语水平才有了实质性的提高。

“汉语之星”比赛决赛的评委中，有中国著名相声艺术家丁广泉先生。在比赛中，我表演了方清平的单口相声——幸福童年，由此，我结识了丁广泉先生。我特别想学好相声这门中国传统艺术，看到我的诚意，丁先生同意让我参加他每周末的“快乐课堂”。从此，我就开始跟丁广泉先生学习，学发音吐字、学抖包袱、学秦腔，还有绕口令，比如“吃葡萄不吐葡萄皮”“有个小孩叫小布，上街打醋又买布，买了布打了醋，回头看见鹰抓兔。”等，作为徒弟，我诚挚地感谢师父对我的关心和爱护，也感谢师父为我们提供的快乐课堂，为我们这些来自世界各国的师兄弟提供了交流沟通和相互学习的平台。

现在我在中国成了家也工作了，但是我还在继续练习相声，我跟我的搭档也开始学习打快板，因为我觉得特别有趣。我会努力学好相声这门艺术，不辜负师父的期望，也不会忘记我的母校北京理工大学对我的培养，给我那么多成长的机会。

有时我会回母校看看，特别想吃食堂里的炝锅面时，我就跟我的妻子回来吃吃，照照相。我喜欢照相，因为可以留住那些美好的记忆。我还会回来看看中心花园的花，尤其是秋天。因为我觉得北理工的秋天最美，每次到中心花园，地上铺满了金色的叶子，特别美。

我是北理工人，我爱我的母校，感谢北理工，让我学会了汉语，让我有机会接触相声这门艺术。现在，我已经与相声分不开了。

我爱你，中国！

查尔斯，男，1981年生，北理工生物医学工程专业硕士（2012.9—2016.7），2013年获得第五届北京市“十大汉语之星”荣誉称号。

灰色、红色和绿色——中国印象之我的五月

［埃塞俄比亚］索罗门

我叫索罗门，来自埃塞俄比亚，目前我在北京理工大学留学。2015年的五月，是我来中国的第三个五月，虽然都是五月，但是我的心情却是年年大不同。

我的第一个五月是“痛并快乐着”的。我的快乐，跟其他留学生一样，刚来中国一切都很新鲜，我看到了天安门，爬上了长城，浏览了颐和园，吃遍了王府井。那个兴奋，那个激动，真是无与伦比。但是，晴天飘来大乌云，谁能想到，就在我搬家那天，发生了非常倒霉的事儿。那天，我把刚买的照相机落到出租车里了！我非常难过，非常心疼，我开始讨厌北京的出租车，开始想家。

那个五月，天空是灰色的。太阳照得我眼睛发白，我的心是空空的。

虽然很倒霉，但生活在继续，新的故事也在发生，就像埃塞俄比亚的玫瑰花，谁能知道下一朵会绽放怎样的美丽？

就像我的第二个五月，正能量满满的五月。

自从那灰色的五月过后，我的留学生活也正式开始了。我开始上微积分课，算$F(x)$和$F(y)$的值，去学校食堂吃土豆牛肉盖饭，在操场上撒欢地踢球，跟漂亮的女同学聊天，跟超酷炫的朋友出去嗨，当我迎来我简单而充实的日子时，我也逐渐融入了中国老百姓的生活。

我的第二个五月是红色的，因为我遇见了美丽的中国。

现在我习惯了北京的生活。有空的时候，我常找门口的大爷聊天，他呀，身体倍儿棒，总是红光满面的。学校附近有家烧饼店，老板特实诚，给的肉特多，所以生意总是红红火火的。还有那红色的糖葫芦，红色的大灯笼，红色的老城墙，红色的——五星红旗。

首都北京是红色的，中国人的热情是红色的，中埃两国的友谊也是红色的。这让我想起了朋友曾在我手心里写的话：有朋自远方来，不亦乐乎？

第三个五月马上要来了，我想它应该是绿色的。因为在我一路向南的旅途中，我看到了越来越绿的农田，看到了越来越高的楼房，更看到了越来越美丽的中国！

我的五月，是一路的风景，在这一路上，我对这片曾经陌生的国土有了更深的了解，更深的敬畏，更深的感情。

我爱你，中国！

索罗门，男，1994年生，北理工计算机科学与技术专业本科生（2013.9—2017.7）；北理工2018级计算机科学与技术专业硕士研究生；2015年获得第六届北京市“十大汉语之星”称号。

逐梦中国

我叫妮丝，来自哈萨克斯坦，在我们国家，这是一个不同寻常的名字。我父母相信，不同寻常的名字会给我带来非凡的命运。我在双语环境中长大，一直对学习语言很有热情，在学校学习英语，对此我并不满足，我想挑战据说是世界上最难的语言——汉语。

高中毕业后，我面临着一个严肃的选择：去哪个国家继续深造？最后我决定结合我对语言的热情和对工程领域的热爱——去中国！

当我被北京理工大学录取时，我感到非常高兴。来中国深造是我的梦想，我终于可以实现这个梦想了。

在中国学习机械工程专业以前，我必须学一年的语言。那一年的学习生活有趣而充实，我终于确信，来中国留学是最正确的选择。因此，我申请了学士学位，并被机械工程学院录取。

我猜，我会是你在校园里看到的最兴奋的新生！一切都是那么新鲜有趣！一开始也有挑战，因为我不习惯用汉语学数学。但幸运的是，有非常好的老师在我们遇到困难时耐心指导，我对此非常感激。

从二年级开始，学习生活变得更有趣了。因为我学习机械工程，需要参与很多实验，手工制作一些有趣的东西，这一过程让我十分着迷。

尽管学习通常要花很多时间，但我仍然抓住机会参加学校组织的各种活动，比如比赛、表演和志愿活动等。我认为，我在大学里参加的每一个活动都很精彩。比如一年一度的“新年晚会”“深秋歌会”“体育文化节”等。志愿服务也是校园活动的重要组成部分，每学期我都会报名参加迎新和学校组织的其他活动。大学二年级的时候，我成为北理工学生会的一员，我们一起组织了许多活动和比赛，积累了宝贵的经验，结交了有趣的朋友。

2017年暑假是最好的假期之一，因为我有机会作为交换生在北理工的合作院校韩国亚洲大学学习，在那里学了一个月的韩国文化和语言。

每年年底，北理工都会举行年度“优秀学生颁奖典礼”。二年级、三年级和四年级的学生都可以获此奖项。我记得大一的时候，我坐在观众席上想，“有朝一日，我也会获此奖项，站在那个舞台上，面对台下的观众！”这成了我的目标，并为此努力。一年之后，我不仅被评为我校的优秀学生，站在了那个舞台上，还荣获了优秀来华留学生奖学金，教育部领导亲自颁发奖章，我激动不已，终于实现了我的梦想！

在北理工已经四年了，过不了多久我就要毕业了，我打算学得更多，更多！北理工给了我太多机会，给了我太多看见生活、看见世界的舞台。我非常感激，也非常高兴三年前做了那个关于中国的梦，并跟随那个梦来到中国——我的中国梦！

妮丝，女，1996年生，北理工汉语进修生（2014.9—2015.1）；北理工机械工程专业本科生（2015.9—2019.7），荣获2018年度教育部“优秀来华留学生”。

后记

经过几个月的整理和修正，这本讲述北京理工大学外国留学生们留学故事的合集终于跟大家见面了！作为丛书编辑的我们格外兴奋，因为我们既是本书的编辑，也是这些留学生的老师。我们为他们精彩的留学生活感到欣慰，同时也希望更多的国际学子和在华留学生们看到这些故事。一方面，可以从这本书中了解真实的在华留学生活，了解真实的中国；另一方面，书中讲述的在华留学经历也将会对大家产生积极影响和深刻启迪。

欣悦之余，还有小小的遗憾，四年来北理国际学子们撰写和发表了众多优秀作品，本着优中选优原则，本书仅收录了部分具有代表性的作品。对于其它一些优秀作品文章，虽然经过综合考量并未被收录，但我们都提出了修改意见，期待各位同学能有更好的作品涌现。

这本故事集的顺利出版，首先要感谢书中的主人公——留学中国、求学北理的各国优秀国际学子们，感谢你们分享经验和心得，以及在完稿和出版过程中的积极配合。有的同学已经毕业回国，有的同学远在异国工作，当得知我们想要整理并出版本书时，都第一时间提供宝贵资料和珍贵照片，在此向你们表示真诚的感谢！

感谢留学生中心领导的大力支持，在我们遇到困难时给予鼓励和帮助，提出了宝贵意见。

感谢北京理工大学出版社，特别是李丁一老师。李老师的敬业可以用“严苛”来形容，对各方面的要求都很高，从框架拟订到初稿形成，从修改完善再到多次校对，她的悉心指导和热情周到贯穿于本书的整个出版过程。在此，对李老师的辛勤付出表示衷心的感谢！

最后还要感谢负责本书具体编辑工作的邱丙军、史慧超、刘哲、张娟、翟文廷、高林等汉语教研室的各位老师，你们在紧张的教学工作之余，认真完成各个阶段任务，积极联络作者，精心准备材料，终于顺利成稿。同时，也十分感谢沈佳培老师在本书设计方面提供的倾力帮助。

通往梦想的路一直都在，北理工国际学子们的精彩故事仍在继续。相信不远的将来，第二辑、第三辑“留学北理”精彩故事将会陆续呈现在读者们的面前，敬请期待。

北京理工大学留学生中心

2019年3月